AUGUSTE ANGELLIER

DANS LA LUMIÈRE ANTIQU

LES SCÈNES

LE BANQUET CHEZ CLINIAS.

LE SECRET DE L'OPALE. — L'AMANT DE LAÏ

PARIS

LIBRAIRIE HACHETTE ET Cie

Boulevard Saint-Germain, 79

—

MCMXI.

DANS LA LUMIÈRE ANTIQUE

Il a été tiré de cet ouvrage :

25 exemplaires sur papier du Japon.

25 exemplaires sur papier de Hollande.

Ces exemplaires sont numérotés.

AUGUSTE ANGELLIER

DANS LA LUMIÈRE ANTIQUE

LES SCÈNES

LE BANQUET CHEZ CLINIAS.

LE SECRET DE L'OPALE. — L'AMANT DE LAÏS

PARIS

LIBRAIRIE HACHETTE ET Cie

Boulevard Saint-Germain, 79

MCMXI.

LE BANQUET CHEZ CLINIAS.

Une salle, préparée pour la seconde partie d'un banquet. Les esclaves ont placé les deuxièmes tables, sur lesquelles sont des olives, des figues, des dattes, des noix, des épices, des gâteaux saupoudrés de sel. Sur une sorte de dressoir très bas se trouve le cratère, et, près de lui, une grande coupe de cristal, pleine de neige. Sur une table, un amas de couronnes de myrte, ornées par des bandelettes de couleurs vives. Les convives n'ont pas encore pris place sur les couches, ils causent en différents groupes.

Ce sont CLINIAS ou L'HÔTE, CTÉSIPHON DE SAMOS ou L'ÉTRANGER, ANTHÉMION, CHARMIDÈS, GLAUCON, LACHÈS, PHILÈBE, THÉÉTÈTE ; tous, hormis l'Etranger, disciples de Socrate.

LE BANQUET CHEZ CLINIAS.

L'Hôte.

Ami, voici venir la joueuse de flûte.
On la nomme Myrrhine. Elle est jeune, et débute
Dans son art d'alterner ou d'unir savamment
Les sons lents ou pressés de son double instrument.
Mais Apollon, le dieu des vers, de l'harmonie,
Prête à qui lui convient un peu de son génie :
Elle était tout enfant, quand un vieux chalumeau
De pâtre ou de bouvier prit un soupir nouveau
A son souffle innocent, et connut une audace,
Des gaîtés où du son plus grave s'entrelace,

Que nul ne soupçonnait en son rustique aspect ;
On conte qu'autour d'elle, et prises de respect,
Pour suivre sa chanson, tout un essaim d'abeilles
Entoura ses doigts blancs et ses lèvres vermeilles.
Nul ne l'égale ici, car son travail a su
Faire s'ouvrir entier le don qu'elle a reçu.
Cependant qu'elle assure et rythme son haleine
Et noue à son menton les deux bandes de laine,
Ami, prends ce calice, et goûte de ce vin ;
Il croît sur ma colline, et sont de mon jardin
Ces roses dont l'éclat couronne le cratère ;
Je crois, s'il prend partage aux produits de ma terre,
Que l'hôte de mon toit est l'hôte aussi du sol.
Écoute !... Je ne sais si c'est un rossignol,
Une alouette, un merle ou bien une mésange,
Qui va chanter, ou si ce sera le mélange
Léger d'une volière ou d'un buisson d'avril,
Tant l'art de cette enfant est divers et subtil.
Ensuite elle jouera des airs qu'elle recueille
Aux jours où la gaîté du peuple les effeuille
Pour exciter la joie et l'entrain des danseurs,
Vieux airs de vignerons, de pâtres, de pêcheurs.
Elle seule a compris leur simple mélodie
De naïve tendresse ou de grâce hardie,

Et sait, en les touchant d'un sentiment nouveau,
Leur garder ce qu'ils ont d'éternel et de beau.

Il s'approche de la table où sont les couronnes de myrte et en choisit une qu'il offre à l'étranger.

Tiens ! Voici, pour parer ta tête, une guirlande
De myrte sauvageon : il vient d'un bout de lande
Enclose de rochers au pied du Cithéron.
Je la conserve inculte ; elle ignore l'affront
Du soc et de la houe, afin que quelque chose
De notre fière Attique ancestrale se pose
Au front de l'étranger, qui, cher et respecté,
Accepte à mon foyer l'accueil de ma Cité.

Les autres convives se couronnent aussi de myrte. Ils commencent à prendre leurs places, et quelques-uns se sont déjà assis sur leurs couches. Cependant, la joueuse de flûte a entamé un air léger où ses deux flûtes semblent échanger des salutations qui se reprennent et se répondent amicalement. — Brusquement entre Lysis.

LYSIS.

Renvoyez de ces murs la joueuse de flûte !
Défendez qu'aucun bruit joyeux s'y répercute !
Et que le serviteur ne verse plus le vin
Doux aux cœurs oublieux qui craignent le chagrin !
Il vous sied mal, amis, de décorer vos têtes
Des rameaux et des fleurs faits pour les jours de fêtes,
Commandez d'apporter l'ache, funèbre fleur !

L'HÔTE.

Pourquoi donc nous viens-tu, comme un perturbateur,
Et quelle inattendue et rude jalousie
Te fait chercher querelle à notre symposie ?
Quelle humeur t'a saisi ? Toi-même t'es assis
Souvent à cette table, et, laissant les soucis,
Pris part à ces plaisirs que tu dis de suspendre !
Viens plutôt parmi nous, ô cher Lysis, reprendre,
Une verveine au front, la place où tu manquais,
Toi, le charme et l'esprit des amicaux banquets !

LYSIS.

Avez-vous oublié que ce jour est la date
Fixée à Mélitus pour accuser Socrate ?
Et dois-je, maintenant, vous dire la raison,
Lorsque je suis passé devant cette maison,
Pourquoi je m'étonnai qu'il y sonnât des flûtes,
Et m'étonne encor plus que, ce soir, vous qui fûtes
Disciples et amis du maître menacé,
Vous écoutiez ces chants, sous le myrte tressé ?

L'HÔTE.

N'accuse pas nos cœurs de manquer de mémoire !
Faut-il te rappeler Admète et son histoire,
Comment, lorsqu'il pleurait Alceste en son cercueil,
Son Alceste adorable, il sut cacher son deuil,
Pour sourire à son hôte et recevoir Hercule ?
Les Dieux hospitaliers veulent qu'on dissimule
Ce qui peut attrister l'étranger qu'on reçoit !
Et, pour récompenser celui qui, sous son toit,

Lui laissait ignorer ses angoisses funèbres,
Le Héros radieux, disputant aux Ténèbres
Le doux corps aux yeux clos qu'elles tenaient déjà,
Des mains du noir Trépas subjugué dégagea
L'épouse souriante à son époux rendue.
Mémorable leçon qui doit être entendue
Par tous ceux dont un hôte honore le foyer.
Apprends donc qu'il sied mal, Lysis, de rudoyer
L'amical appareil de ce banquet : mon hôte,
Dont le navire hier aborda notre côte,
Ctésiphon de Samos, est venu ce matin
Accepter notre sel ; il s'éloigne demain.
Un long commerce sûr de mutuels services,
De secours échangés dans les temps peu propices,
D'estime héréditaire et d'hospitalité
Ont uni ses aïeux aux miens ; et c'eût été,
O Lysis, une offense impie et détestable,
Alors que mon ami prenait place à ma table,
Que de troubler, bien plus ! de refuser des Dieux
L'heure qui maintenait le pacte des aïeux.
Souviens-toi maintenant de l'exemple d'Admète,
Et prends part avec nous au festin où je fête
Le séjour d'un ami. Que si quelque souci
Nous afflige — et quel jour n'en est pas obscurci —

Que cet instant l'ignore, et que demain l'attende,
Demain, auquel il faut qu'un chagrin se suspende,
Puisque, dès le matin, vers son navire prêt
Mon hôte partira, nous laissant un regret.

LYSIS.

Tu dis bien, Clinias ! Pardonne-moi mon acte,
Et mon blâme imprudent que cet aveu rétracte !
Cependant, laisse-moi m'éloigner ! Je ne puis,
Avec un cœur semblable à ces marbres détruits
Dont un marteau brutal n'a plus fait qu'un décombre,
Je ne puis, je ne veux que m'en aller dans l'ombre,
Et chercher, pour ma peine et mon dégoût, l'accord
De quelque chose, au moins, qui ressemble à la mort.

THÉÉTÈTE.

Tes mots sont lourds d'un sens obscur qui m'épouvante !
Ils tombent menaçants, sinistres, dans l'attente
Dont tu sais que chacun de nous est agité !
Es-tu donc le porteur d'un malheur redouté ?
Viens-tu du tribunal ? Se peut-il qu'à cette heure
Socrate ne soit pas, libre, dans sa demeure ?

LYSIS.

Un crime est accompli dont chaque citoyen
Doit porter la rougeur : le peuple Athénien
A condamné Socrate à boire la ciguë !

L'HÔTE.

Que dis-tu ? Par les Dieux !

CHARMIDÈS.

O Justice inconnue,
Qui poursuis les forfaits et les atteins toujours,
O toi, qui des cités as renversé les tours
Parce qu'un innocent t'avait montré ses chaines,
Quel châtiment plus grand gardes-tu pour Athènes ?

LYSIS.

Ils l'ont osé ! Trois voix — sur quels accusateurs !
Un Lycon, Anitus, le rebut des rhéteurs,

Mélitus dont le sein nourrit une vipère,
Un calomniateur qui trahirait son père —
Trois voix l'ont emporté ! Comme insulteur des Dieux,
Corrupteur des esprits, détracteur des aïeux,
Semeur d'impiété, de mensonge et de vice,
Celui qui nous apprit à vouloir la Justice,
A nous former, par son exemple initiés,
Dans des corps tempérants des cœurs purifiés,
A discerner partout la sagesse profonde
Qui sert de plan et d'ordre à la fuite du monde,
Le plus sage des Grecs, le meilleur, le plus pur,
Ne pourra point mourir comme on voit le fruit mûr
Tomber des oliviers sur notre sol attique !

THÉÉTÈTE.

Ton transport, ta pâleur et ta voix, tout indique
Que tu viens d'assister — spectacle scélérat —
Non pas à ce procès, mais à cet attentat
Dont tes yeux enflammés conservent la colère !
Tu sais de quel amour chacun de nous révère
Le maître sage et bon, auquel tous nous devons
L'effort de nos esprits et l'orgueil de nos fronts,

Et tu ne sais pas moins l'anxiété commune !
Nous sommes suspendus autour de l'infortune
Dont tu fus le témoin ; tu sens que chaque cœur
A soif, ô cher Lysis, de boire à ta douleur,
Et, suivant ton angoisse à travers la séance,
Nous désirons souffrir de toute ta souffrance.

GLAUCON.

N'est-il donc point d'appel contre ce jugement ?

LYSIS.

Aucun !

ANTHÉMION.

Si ! notre force et notre dévoûment !
Nous le délivrerons ! Jusqu'à bord d'un navire
Nous saurons, par le fer ou par l'or, le conduire !

LYSIS.

Il refuse ! Criton lui parla comme toi ;
Il répond qu'il convient d'obéir à la Loi !

L'Hôte.

Tu le vois, Ctésiphon, notre tristesse éclate !
Oui ! C'était aujourd'hui que l'on jugeait Socrate !
Mais j'avais espéré te céler que, ce soir,
Nous eussions un souci qui pût nous émouvoir ;
Encore que le mien fût si loin de s'attendre
Au malheur qu'avec nous, ami, tu viens d'entendre.
Pardonne à notre angoisse, et permets que nos cœurs
Deviennent, devant toi, des coupes de douleurs !

L'Étranger.

Tu m'as souvent parlé de Socrate, ton maître,
Ton paternel ami, tant que, sans le connaître,
Avec même respect je prononçais son nom ;
A ton inquiétude, ô mon ami, répond
Ma propre anxiété pour l'homme juste et sage
Que j'admire et que j'aime à travers ton hommage,
Car tu m'as dit parfois qu'il t'avait fait meilleur.

L'HÔTE.

Nul ici qui, pour lui, n'ait la même ferveur !
Parle donc, ô Lysis, parle pour tous, raconte
Ce jour qui laissera sur Athènes sa honte !

LYSIS.

Ce que vous demandez m'est redoutable, amis,
Et cruel ! Si mes mots ne sont pas affermis,
En vous parlant de lui, par l'exemple du maître,
Si son courage calme et haut ne me pénètre,
Mon douloureux essai pour dire ce qu'il fut
Faillira. Cependant, c'est encor un tribut
A sa haute leçon, à sa leçon suprême
Que de parler de lui comme il parla lui-même ;
Et je veux faire effort, le prenant comme appui,
Pour marcher comme il sied à celui qui le suit.

Lorsque l'accusateur eut fini sa lecture,
Dont la sottise allait du mensonge à l'injure,

Socrate, qui l'avait écouté sans bouger,
Comme à quelque débat qui lui fût étranger,
Se leva lentement. Il commença par dire
Qu'il n'avait point appris l'art subtil de conduire
Par un verbe savant un discours concerté,
Mais parlait simplement la simple vérité,
Telle qu'il la parlait sur la place publique,
De la même façon familière et modique
Dont il usait, lorsqu'il rencontrait des amis.
Dès lors, continuant comme il l'avait promis,
En propos modérés, unis, précis et justes,
Mais semblables à lui, étrangement robustes,
Il reprit un par un les griefs. L'examen
Par lequel il les mit en poudre sous sa main,
Sous son aspect sans art, n'était rien qu'un chef-d'œuvre.
Comme un chasseur adroit étrangle une couleuvre,
Il saisit Mélitus dans une question,
Et le tordant d'un seul et décisif affront,
Sans augmenter l'effort d'un esprit qui se joue,
Le laissa retomber dans sa honte et sa boue.
Sous cette causerie — à peine un plaidoyer —
On voyait se troubler, s'affaiblir et ployer
Les accusations, les accusateurs mêmes
Dont les traits devenaient plus confus et plus blêmes.

« Vous m'accusez d'avoir, leur dit-il, corrompu
Et de corrompre encor les jeunes gens : j'ai pu,
Dénouant les liens de passions funestes,
En rendre quelques-uns de violents, modestes,
De paresseux, actifs, de prodigues, prudents,
D'avares, généreux. S'ils étaient impudents,
Mes mots seraient ici réprimés, à ma honte,
Car, en les prononçant, Athéniens, j'affronte
Les pères, les parents, que je vois parmi vous,
De ceux que je déclare avoir rendus plus doux,
Chastes et tempérants. Que Mélitus, s'il l'ose,
En prenne quelques-uns pour témoins dans ma cause.
Ceux-là m'accuseront ! Et s'il ne le fait pas,
Et si leur amitié me suit dans ces débats,
C'est comme s'ils étaient ici pour me défendre ;
Et n'est-ce pas miracle, ô Mélitus, d'attendre
Un service, un bienfait, un secours, un appui
De ceux auxquels tu veux que ma parole ait nui ?
Mais sais-tu, Mélitus, ce que dit leur silence,
Ce qu'il proclame haut avec plus d'éloquence
Que tu n'en dépensas tantôt pour m'accuser ?
C'est que tu n'es qu'un fourbe, un imposteur d'oser
Affirmer ce que nie et dément leur visage ;
Et peut-être toi-même aurais été plus sage

D'avoir, ô Mélitus, avec eux écouté
Mon conseil corrupteur d'aimer la vérité. »

Déjà ces simples mots d'une force indignée
Mais parlés simplement, ainsi qu'une cognée,
Faisaient sauter le bois de l'accusation.
D'autres suivaient bientôt d'un effet aussi prompt.
« Les Dieux, dit-il, comment pourrais-je n'y pas croire,
Moi qui crois aux Démons, et dont la propre histoire
Fut toujours dirigée, aux moments anxieux,
Aux tournants indécis, par la voix de l'un d'eux,
Qui me suit dès l'enfance et qui se fait entendre,
Non pour me suggérer ce qu'il faut entreprendre,
Mais bien pour empêcher ce que j'ai résolu ?
Et ces divins conseils ont toujours prévalu ;
C'est d'après cette voix écoutée et suivie
Que j'ai réglé toujours, et règle encor ma vie.
Comment, si les Démons sont les enfants des Dieux,
Nier qu'il est des Dieux ? Diras-tu, si tu veux
Employer, Mélitus, des images profanes,
Qu'il y a des mulets nés de chevaux et d'ânes,
Et qu'il n'existe point d'ânes ni de chevaux ?
Et voilà les raisons de quoi tu te prévaux

Pour m'accuser ici d'être impie, incrédule !
Tu te rends Mélitus, chétif et ridicule,
Toi qui dis à la fois : « Socrate reconnaît
Et ne reconnaît pas les Dieux », car ce qui naît
D'un être est le meilleur témoin que l'être existe.
L'excellent Mélitus pour Mélitus m'attriste »

Puis, il leur rappela simplement qu'autrefois,
Quand ils avaient voulu punir, contre les Lois,
Les généraux vainqueurs aux îles Arginuses,
Sa seule voix, parmi les cinq cents voix confuses,
Contre un décret injuste avait osé parler ;
Ni menaces, ni cris ne l'avaient fait trembler,
Ni l'injure de ceux dont la foule séduite
Acclamait les discours — pour lesquels, par la suite,
Ils furent poursuivis par le peuple irrité.
Sous les Trente Tyrans, il avait affronté,
En refusant encor d'accomplir l'injustice,
Un courroux qui menait vite au dernier supplice ;
Lorsqu'il désobéit à leur ordre, il savait
Que la mort désormais dans son ombre suivait.
Par la chute des Trente à propos arrivée,
Sa vie ainsi risquée avait été sauvée,

Ces Trente en qui, dit-on, ses calomniateurs,
Par ces faits démentis, montraient ses zélateurs.
Pour la Loi, qu'il avait jusqu'à présent suivie,
Il était prêt encore à déposer sa vie.
Il n'apporterait point, comme il se fait souvent,
Pour attendrir les cœurs d'un spectacle émouvant,
Ses parents, ses enfants, dont les larmes versées
Pourraient vers l'indulgence incliner leurs pensées,
Encor qu'il eût trois fils : l'un d'eux, adolescent,
Les autres, tout enfants. Car il n'est point décent
Qu'un juge, ayant prêté son serment, outrepasse
La ligne que le doigt de la Justice trace ;
Il ne doit prononcer qu'avec son seul esprit.
En outre, il convient mal au renom, au crédit
D'Athènes, qu'il soit cru, sur la terre étrangère,
Que ses fils les meilleurs ont l'âme assez peu fière
Pour vouloir se sauver par d'infimes moyens ;
Il faut qu'il soit connu que tous ses citoyens,
Délaissant aux rhéteurs un improbe artifice,
Jugent et sont jugés par la stricte Justice.
Enfin : « Sans prendre exemple à d'autres oraisons,
» Athéniens, dit-il, j'ai donné des raisons,
» Mais je ne vous ai point adressé de supplique.
» Je m'abandonne à vous ainsi qu'au dieu delphique,

» Pour que vous me jugiez, comme il sera le mieux
» Et pour vous et pour moi, sous nos juges les Dieux ».

Son manteau brun ouvert sur sa pauvre tunique,
L'air tranquille, et pareil à celui qui s'explique
Dans un mince débat dont il fait peu de cas,
Avec la même voix, et le geste du bras
Qui tantôt suit la phrase et tantôt la précède,
— Son geste habituel, dont il semble qu'il aide
Sa pensée à venir vers ceux qu'il entretient —
Avec sa même aisance, et son même maintien
Que l'on sent si dispos dans sa calme habitude,
Il parlait. Merveilleuse était la certitude
Qui naissait lentement de ces simples propos !
La mesure parfaite et la clarté des mots,
L'argument sans surcroît, sans hâte et sans entrave,
La justesse du ton plein d'enjoûment ou grave,
Le jeu sûr de l'accent discret et modéré,
Etaient tels que jamais nous n'avions admiré
Ces dons de notre maître avec tant de surprise.
Et, sous eux, la pensée allait ferme et précise ;
Chaque habile raison semblait n'être qu'un fait
Qu'il donnait en passant, et cependant l'effet

En était, à bien voir, savamment efficace.
La marche du discours était sûre et sagace,
Quelques mots décisifs sur le point discuté
Suffisaient ; il passait. Cette simplicité,
Qui frémissait parfois au bord de l'éloquence,
Eût peut-être éclaté, n'était la vigilance
Dont il a toujours su maîtriser son discours ;
Et les mots revenaient à leur calme parcours.
Quel puissant orateur aurait été Socrate,
S'il n'avait préféré cacher, comme l'agate,
Sa veine précieuse en un fruste dehors
Plein, quand il est ouvert, d'un reploiement d'essors !

THÉÉTÈTE.

Quel souvenir sacré dans ton âme va vivre !

LYSIS.

Plus grand que tu ne crois ! C'était beaucoup de suivre
Le travail ou plutôt le jeu de son esprit,
— Vous n'en avez par moi qu'un rapport amoindri —
Mais c'était plus encor de l'admirer lui-même,
D'admirer, embellis d'une clarté suprême,

Ces traits dont quelquefois il aime à plaisanter.
Je rends grâces aux Dieux d'avoir pu l'écouter,
Mais combien plus encor d'avoir vu sur sa face
Tout ce qu'un seul instant magnanime ramasse
De grandeur sur le marbre étroit d'un front humain.

Il était arrivé, le visage serein ;
Je ne sais pas encor si sa paix coutumière
Et cet abord rieur qu'aucune humeur n'altère
Portaient réellement un air de gravité,
Ou si c'est notre esprit qui le leur a prêté,
Car nous étions émus plus qu'il ne semblait l'être.
Un commerce fidèle et long m'a fait connaître
Le jeu discret mais riche et divers de ses traits ;
Je les ai vus railleurs, pénétrants ou distraits,
Je ne les vis jamais plus souples à l'idée ;
Et mon âme attentive, anxieuse, guidée
Par des indices fins, inaperçus de tous,
Put suivre tout l'émoi de son âme, au-dessous
De ces mots qui déjà contenaient tant de choses,
Comme on voit sous l'effet la réserve des causes.
Tout le temps qu'il parla, modestement hautain,
A peine devinai-je une ombre de dédain

Recouvrir, par instant, une ombre de colère.
Tous, disciples, savants et la masse vulgaire,
Sentirent dès l'abord, pris d'un même respect,
La noblesse cachée en son modique aspect.
Sa première parole éclaira son visage;
Au cours de ses propos si simples, son image
Par delà la mesure humaine grandissait,
Si bien qu'une terreur enfin nous remplissait,
Comme on l'éprouve auprès de presences divines.
Et cet homme aux façons humbles et citadines,
Au maintien négligé, si pauvrement vêtu,
Paraissait — peu à peu — resplendir de Vertu.
Ses yeux si beaux et bons, bleus et gris tout ensemble,
Et toujours habités d'une lueur qui tremble
Etroite et retirée au fond de leur regard,
Ou qui nage diffuse en un pensif brouillard,
Tantôt ils s'emplissaient d'une clarté plus ample,
Digne de s'allumer sur le parvis du temple
Où les Dieux, sous son front, ont un culte nouveau;
Tantôt on ne savait si la fleur ou si l'eau
Fournissait ce reflet d'azur limpide et tendre,
Jeune, frais, innocent, et qui semblait étendre
Sur nous tous la candeur d'un cœur naïf d'enfant;
Tantôt il y passait un éclair triomphant,

Et tantôt un éclat plus dur et plus sévère ;
Mais toujours revenait la lueur familière
Qui, retirée au fond des regards amoindris,
Leur rendait leur jeu fin d'amusement surpris.
Tout cela se passait par-dessus son langage,
Qui restait sur le sol, comme on voit un nuage
Transformer ses trésors d'ombres et de rayons
Au-dessus des labeurs penchés sur les sillons.

Tous ne discernaient pas, comme nous ses disciples,
Sous sa tranquillité, les profonds, les multiples,
Les subtils mouvements qui traversaient ses yeux ;
Encor moins pouvaient-ils discerner, — plus loin d'eux —
L'infini mouvement qui traversait son âme.
Mais tous sentaient pourtant qu'il brillait une flamme
Magnifique au sommet de cet humble maintien.
Des milliers de regards se suspendaient au sien ;
Mais parfois, par un prompt glissement, son sourire,
Par qui sa bouche a l'air heureuse de séduire,
Faisait que les regards sur sa lèvre étaient tous.
Son ancienne ironie, exempte de courroux,
Toujours fine, mais plus contenue et discrète,
S'y jouait comme aux jours où sa lente conquête,

Attirant les esprits constamment amorcés,
Les menait d'une erreur, consentants ou forcés,
Vers un large sommet balayé d'éloquence.
C'était le même jeu, toujours de connivence
Avec quelque raison que l'on sent s'approcher,
Sans qu'on sache s'il veut l'offrir ou la cacher.
Et le vaste auditoire, où frémissait la fièvre,
Gagné par la malice habile de sa lèvre,
Oubliait son angoisse, un instant conforté
Par tant de bonhomie et de simplicité,
Capables de charmer même notre détresse.

Mais parfois il semblait qu'il eût de la tristesse,
Non pour lui, mais pour ceux auxquels il s'adressait,
Les juges devant lui. Le regard qu'il fixait
Sur ces gens dans lesquels il pouvait voir d'avance,
Lui, le liseur d'esprits, se former sa sentence,
Se remplissait de peine et de compassion.
La beauté, qui naissait dans cette expression
De pitié, de clémence et de pardon sublime
Pour tous ceux qui, tenant entre leurs mains un crime,
Attendaient qu'il se tût afin de les ouvrir,
Etait celle d'un dieu. Mais pour la ressentir,

Il fallait, comme nous, connaître son visage.
Les autres ne voyaient que son calme courage,
Tant il était discret à rien laisser passer,
Hormis les justes mots qu'il voulait prononcer
Pour accorder aux Lois le respect et l'hommage
De défendre, en leur temple et devant leur image,
Un citoyen sans crime accusé sans raison.
Et je voyais des pleurs dans les yeux de Platon.

Quand il eut terminé sa sobre apologie,
Il s'assit avec calme. Une rumeur surgie
En long frissonnement sans un seul son de voix,
Comme ces grands soupirs dont s'émeut un grand bois,
De tant de seins émus par cette grandeur d'âme
S'éleva. Mais, ses yeux ayant perdu leur flamme,
Il paraissait distrait ainsi qu'il l'est souvent,
Quand il se perd au fond de lui-même, suivant
Le fil intérieur de pensers qu'il démêle,
Et son esprit errait, loin de l'heure réelle,
Dans les champs lumineux des immortalités ;
Nous savions qu'il montait des degrés enchantés.

Mais lorsque le greffier annonça la sentence,
Il sortit tout-à-coup de son étrange absence,

Et reprit simplement son regard attentif.
Les cœurs des matelots, quand le choc du récif
Déchire le navire et le livre au naufrage,
N'ont point de battement de colère et de rage,
Comme en eurent nos cœurs quand l'arrêt fut donné !
Jamais le lieu sacré ne fut tant profané
Où l'antique Justice a sa demeure auguste !
Il semblait que le Vrai, le Bon, le Bien, le Juste,
Par ce forfait dément tous ensemble outragés,
Tombaient et s'écroulaient à nos yeux affligés,
Et qu'un effondrement immense et redoutable
Se prolongeait autour du sublime coupable
Qui, tel qu'un haut pilier, demeurait seul debout
Dans la chute, le bris, le désastre de tout.
Une vague terreur passa sur l'auditoire,
Comme devant un crime auquel on ne peut croire
Tant il est monstrueux, et qui pourtant est là.
Un épouvantement de vengeances frôla
Ce peuple tout à coup muet et immobile.
Socrate seul avait son sourire tranquille,
Et ce fut, mes amis, un spectacle très grand
Que ce visage clair, paisible et rassurant,
Ceint de fronts sur lesquels s'étendait de la cendre.

THÉÉTÈTE.

Quelle peine, dis-nous, a-t-il offert de prendre ?

L'HÔTE.

Peut être ignores-tu, Ctésiphon, que nos lois
Laissent au condamné pouvoir de faire choix,
Dans les cas où la mort est la peine plus forte,
Entre les châtiments que son arrêt comporte :
Il peut prendre ou du moins proposer la prison
Ou l'amende ou l'exil. On dit que la raison
En est qu'en acceptant de désigner sa peine
Il reconnaît sa faute, et rend ainsi certaine
La justice de ceux qui l'ont jugé fautif.
Ils partent rassurés. Quel qu'en soit le motif,
Souvent le tribunal accueille la sentence,
Car une continue et trop stricte inclémence
Abolirait la loi qui serait sans objet,
Et les juges, atteints par un constant rejet,
Seraient seuls à porter leur doute ou leur scrupule.
Cette loi d'aspect juste est perfide : elle accule

Un homme à se sauver à travers un aveu,
A s'enchaîner lui-même en desserrant le nœud,
Et le fait, innocent, consentir à son crime.
Mais c'est la lâcheté de ce juge anonyme,
Sans une conscience avec ses cinq cents voix,
Qui sur le condamné transporte ainsi le poids
D'un vote pour lequel nul n'est plus responsable.
Et c'est pourquoi Socrate, étant jugé coupable,
A dû, pour obéir à la loi, proposer
La peine qui se peut admettre ou refuser.

LYSIS.

Il sut, en quelques mots, montrer d'abord le piège
Que tend à l'accusé ce droit qui le protège :
Pouvait-il avouer, se croyant innocent,
Qu'il avait mérité sa peine, en la fixant ?
D'ailleurs qu'importait-elle, ou vapeur ou nuage,
A qui touche le port et finit son voyage ?
Le trépas n'avait rien dont il fût étonné ;
Sans crainte il l'acceptait. Mais, comme condamné,
Voulant jusqu'à la fin montrer sa déférence
Aux Lois, comme il l'avait voulu par sa défense :

Puisque chacun, dit-il, le savait indigent,
Il offrait de payer une mine d'argent,
S'il était approuvé qu'il fût puni d'amende.
Que si l'on décidait une peine plus grande,
Ou la prison à vie ou la mort ou l'exil,
Choisir entr'eux n'était qu'un souci puéril
Et peu digne d'un homme au terme de son âge.
Il ajouta ces mots : « S'il revient un suffrage
A la Justice auguste et qui veille sur nous,
Il décide d'abord que je m'éloigne absous ;
Mais, de plus, pour avoir bien servi la patrie,
Pour avoir su vieillir sans brigue ou flatterie,
Pour avoir recherché, d'un incessant effort,
Les vérités dont l'ombre éclaire notre sort,
Pour mes bienfaits envers quelques-uns, mes services
A la Cité rendus en y montrant les vices,
Pour des jours sans remords, sans blâme et sans regret,
Ce suffrage, plus haut que le vôtre, dirait :
« Que Socrate ait sa place, après cette journée,
Parmi les citoyens nourris au Prytanée. »

Et nul n'eût, cette fois, pu faire le départ
De la bouche ironique et du puissant regard,

Ni dire auquel des deux revenait l'éloquence
De ce visage empreint d'orgueil et de décence,
Car tous deux s'unissaient pour ennoblir ses traits
De dédain, de douceur, de hauteur et de paix.

LACHÈS.

O Socrate! O profond maître de l'ironie!
Par des Dieux inconnus mêlée à ton génie,
Qu'il chemine ou s'élance, elle est toujours en lui!
Dans ses grands mouvements elle monte et le suit
Jusqu'au seuil des beautés et des lois éternelles,
Et ton verbe éloquent l'enlève dans ses ailes.
Que dis-je! Elle est toi-même! Elle est dans ta bonté
Pour l'animal obscur, ta fine piété
Envers les Dieux; elle est dans cet amour sagace
Pour tes amis qui rend ta sagesse efficace;
Et, au suprême instant qui de tout se démet,
Ton intrépidité la porte à son sommet!

L'ÉTRANGER.

Comment ne fut-il point prononcé pour l'amende?

LYSIS.

Ah! qui pourrait le dire, étranger? Ta demande
Montre que tu sais mal ce qu'est ce peuple-ci :
Vaniteux, sec, cruel et léger, sans souci
Que du prochain plaisir ou du dernier caprice,
Dans ses moëlles portant un désir de malice,
Fol, inconstant, bavard, persifleur, envieux,
Épris de flatterie et pourtant soupçonneux,
Il prend tous ses défauts pour des marques de race!
Impropre à travailler et cependant rapace,
Inoccupé sans cesse et sans cesse excité,
Se croyant apte à tout par son oisiveté,
Il a pris en ses mains les plus nobles offices
Et les a corrompus, avilis, par ses vices.
La sereine Équité n'est plus qu'un jeu de dés;
Les pouvoirs de l'État, vendus et dégradés,
Reviennent à celui qui pour eux se dégrade;
Le nom Athénien n'est plus qu'une bravade
Dont le monde hellénique aura bientôt assez;
Et la Cité n'a plus que des ressorts faussés!
Si, dans cette bassesse et cette ignominie,
Se dresse un citoyen de vertu, de génie,

Il faut qu'il disparaisse ; il leur fait honte à tous !
C'est l'exil ou la mort ; et ce peuple jaloux
En milliers de morceaux se partage le crime ;
C'est ainsi qu'aujourd'hui Socrate est sa victime.
Ah ! peuple perverti ! Tu lasseras les Dieux
Qui te gardent encor en faveur des aïeux !
Un jour, un jour, le bras étendu de Minerve
Baissera, fatigué du geste qui préserve
Une Cité sans mœurs, sans courage et sans loi.
Aux Barbares nouveaux qui descendront vers toi
Tu ne défendras plus les murs de Thémistocle !
Tu les verras frapper, arracher de son socle
Celle qui si longtemps a su te protéger,
Et que toi, peuple ingrat, tu ne sais qu'affliger !

L'HÔTE.

Arrête ! arrête, ami ! Retiens toi d'un blasphème !
Arrête ! Réfléchis que Socrate lui-même
Blâmerait ton propos, lui qui vient de donner
L'exemple du respect aux Lois, et d'incliner
Son front presque divin sous un suffrage inique !
Il fait bien ce qu'il fait ! Et sa vertu civique

Confère à la Cité dans laquelle il est né,
A qui son haut esprit a déjà pardonné,
Un honneur plus durable et plus grand que ce crime
Qu'il efface en voulant en être la victime !

LYSIS.

Hélas ! Tu parles vrai ! Mon âme ne vit pas
Aux sommets qu'il habite, et je le vois d'en-bas !
Il faut avec effort monter vers son exemple,
Comme on va vers le Dieu par les degrés du temple !
Mais tu comprendras mieux, étranger, mon émoi
Lorsque tu connaîtras ce que font de la loi
Ces gens dont la rigueur excita ta demande.
Entends : ce tribunal ou plutôt cette bande,
Ayant délibéré pour la seconde fois,
Par un nouvel arrêt porté par plus de voix
Que n'en comptait celui qui le jugeait coupable,
— L'horreur de cet instant me poursuit et m'accable, —
A rejeté l'exil, l'amende et la prison,
Et condamné Socrate à prendre le poison.

L'ÉTRANGER.

Tu dis par plus de voix que dans le premier vote ?

LYSIS.

Quatre-vingts voix de plus !

L'ÉTRANGER.

Par les Dieux !

L'HÔTE.

Ainsi flotte
Le sort d'un citoyen sur un remous d'humeur !

CHARMIDÈS.

Et railler coûte cher chez ce peuple railleur !

LYSIS.

Ah ! ceux-là ne sauront jamais sur quelle cime
Un homme peut porter une paix magnanime,

Qui n'ont point vu Socrate accueillir cet arrêt.
Il leur dit simplement qu'il n'avait qu'un regret,
C'est qu'ils allaient ternir le pur renom d'Athènes,
Pour n'avoir point songé que les saisons humaines
Emporteraient bientôt le vieillard qu'il était ;
Ils seraient châtiés par leur propre forfait,
Car ils portaient en eux un éternel outrage !
Avec ceux qui l'avaient absous par leur suffrage
Il désirait, dit-il, s'entretenir encor,
Avant d'être appelé par les Onze ; la mort
Est un passage court de ce lieu vers un autre,
Ou bien un long sommeil auprès duquel le nôtre
N'est qu'un rêve agité qui nous délasse mal.
S'il est encore un peuple au climat infernal,
Quel chemin si fleuri qu'il égale la voie
Par où l'homme s'en va vers la durable joie
De voir les demi-dieux, les juges, les héros,
Ulysse, Achille, Ajax, Rhadamante, Minos,
D'entendre Orphée, Homère, Hésiode, Musée ?
Ainsi peut-il mourir l'âme tranquillisée
Celui qui vécut juste, intègre et bienfaisant ;
Derrière le trépas, rien d'amer ne l'attend.
Et c'est pourquoi, dit-il, il n'éprouvait de haine
Ni pour ceux dont le vote a décidé sa peine,

Ni, malgré leurs desseins, pour ses accusateurs.
Alors il souhaita qu'au temps venu les mœurs
De ses fils, grandissants sans lui, fussent guidées
Par les mêmes conseils et les mêmes idées
Pour lesquels il allait mourir dans quelques jours.
Ce qu'il disait ainsi n'était point un discours ;
Quelle harangue aurait surpassé sa parole,
Cet adieu familier d'un homme qui s'immole
Pour sa pensée, et qui, dès longtemps dégagé
De nos chétifs émois, prend un noble congé
De la haine des uns et de l'amour des autres ?
Et nous sentions son cœur qui grandissait les nôtres !
Puis il dit : « Le soleil va perdre ses rayons,
C'est l'heure maintenant que nous nous retirions,
Moi qui m'en vais mourir, vous qui restez à vivre.
Dieu seul sait — lui qui sait ce qui lie ou délivre —
Qui de vous ou de moi tient la meilleure part.
Je le saurai demain ; vous l'apprendrez plus tard. »

Un instant, ces seuls mots, si simples et sublimes,
Parurent s'élargir dans d'immenses abîmes
De silence pieux et de recueillement,
Comme en un sanctuaire où le Dieu est présent.

Puis, soudain, des sanglots et des cris éclatèrent,
Ses disciples vers lui, ses amis se jetèrent;
Et, dans ce flot tragique agité de douleurs,
Son front calme, entouré de visages en pleurs,
Se tournait pour donner à chacun la parole
Qui rassure, affermit, remercie ou console;
Quelquefois il passait la main sur les cheveux
D'un disciple plus jeune, ou réprimandait ceux
Qui faisaient éclater trop bruyamment leur peine.
Nos lamentations s'élevaient comme un thrène;
Les poëtes n'ont point sur la scène évoqué
De roi, ni de héros par les destins traqué,
Faisant front aux malheurs qu'un instant accumule,
Sans que sa voix faiblisse ou que son pied recule,
Qui reçût l'infortune avec tant de grandeur;
Œdipe détrôné n'est point suivi d'un chœur
Comparable à celui dont la noble détresse
Faisait gémir l'espoir et la fleur de la Grèce.

Il partit, escorté de tous, vers la prison,
Comme s'il retournait du stade à sa maison,
Et le gardien ferma les deux portes de bronze.
Le reste de sa vie est au pouvoir des Onze.

L'ÉTRANGER.

Le jour est-il fixé de son dernier instant ?
On dit qu'il est bien court l'espace qui s'étend,
Chez vous, Athéniens, de vos promptes sentences
A l'heure qui consomme et qui clôt les souffrances
De ceux dont un seul jour acheva le procès.
Ce rigoureux usage — où je vois un excès —
Veut-il être cruel ou clément en sa hâte ?

LYSIS.

La loi porte toujours la peine immédiate,
Et Socrate, étranger, devrait mourir demain.
Mais hier le hasard ramena le jour saint
Où la rigueur des lois, pour un temps, se dénoue.
Le prêtre d'Apollon a couronné la proue
Du navire envoyé, chaque année, à Délos
Par les Athéniens. Quand autrefois Minos,
En rançon annuelle, angoisse des familles,
Prenait sept jeunes gens avec sept jeunes filles
Qu'on jetait en pâture au taureau monstrueux,
Le héros au bras fort, Thésée, au milieu d'eux

Prit place, et du tribut libéra sa contrée.
Quand le vaisseau fleuri rentra dans le Pirée
Parmi les cris de joie, Athènes fit le vœu
D'envoyer, tous les ans, dans l'île chère au Dieu
Qui sauva le héros, sauveur de la patrie,
La même nef avec la même théorie
De filles, de garçons, dont les chants et les chœurs
Iraient lui rendre grâce, en leurs jeunes ferveurs,
D'avoir soustrait la fleur de leur vie et sa joie
Au monstre qui, sans lui, les aurait eus pour proie.
Du jour où le vaisseau sacré s'est couronné
Des roses du départ, pas un seul condamné
Ne doit subir la mort, jusqu'au jour qui retire
Les roses du retour au front du vieux navire ;
Car c'est un temps lustral : il interdit le sang.
Le vaisseau, quand le vent est contraire, est absent
Plusieurs mois, mais le terme usuel du voyage,
Tel que cette saison sereine le présage,
Est, à mon souvenir, vers le vingtième jour ;
Et c'est au lendemain seulement du retour
Que la peine de mort peut rentrer dans Athènes.
Ainsi, pendant vingt jours, Socrate, dans ses chaînes,
Attendra, comme il sait, le matin du poison.
Mais nous pouvons aller le voir en sa prison :

Criton rendit jadis au geôlier un service,
Et sa reconnaissance en ferait un complice ;
D'ailleurs la Loi, qui vise un rapide trépas,
N'a jamais interdit, ne la prévoyant pas,
L'accès aux prisonniers pendant cette durée ;
Et Socrate pourra, d'une âme rassurée,
Recevoir ses amis, sans lui désobéir.

L'HÔTE.

Il est déjà, sans doute, aussi calme à dormir
Que sous son propre toit — quand Xantippe est paisible.

THÉÉTÈTE.

O maître bienfaisant, tant qu'il sera possible,
Nous irons recueillir ta vertu, ton savoir,
Toi, donneur de pensée, et toi donneur d'espoir !
Nous irons écouter tes entretiens suprêmes,
Tes propos généreux et sages où tu sèmes
Les fleurs de toute espèce, en semblant l'ignorer.
Car ton esprit, qui sait ouvrir et déchiffrer

Le problème qui gît au fond obscur des choses,
Sait aussi bien cueillir et respirer les roses
Que la bonté des Dieux plaça sur leur aspect.
Le sens de la beauté parfume le respect
Que tu nous inspiras pour l'ordre de ce monde.
Hélas ! nous vivions tous de ton âme profonde !
Cigales dans un champ sans rosée et rayons,
Voici le noir hiver ! O maître, nous devons
Faire provision, avant que tu t'en ailles,
De quelques menus brins, de quelques pauvres pailles
De sagesse tombés de toi dans nos esprits !
Pour vivre nous aurons ce que nous t'aurons pris !
Le moissonneur s'éloigne en emportant sa gerbe !

LACHÈS.

Ta gaîté, maître heureux, où n'entrait rien d'acerbe,
Ta précise gaîté qui taillait les orgueils,
Mais enseignait aussi la modestie aux deuils,
Qui ramenait les Biens, les Maux à leur mesure,
Sous le propos égal qui modère ou rassure,
Ta vaillante gaîté qui pouvait tout oser,
Ta robuste gaîté qui pouvait écraser,

Ta gaîté cordiale, alerte, ingénieuse,
Ingénue et maligne, habile et devineuse.
Qui savait d'un sourire intimider l'effroi,
Sans le brutaliser déconcerter l'émoi,
Qui savait dénouer les masques des visages,
Et savait entr'ouvrir le manteau des faux sages,
Ta vivante gaîté, nous lui disons adieu !
Sans doute, elle vivra jusqu'au bout dans ce lieu
Où nous t'irons porter, ô maître, notre culte ;
Ton infâme cachot va connaître l'insulte
D'un homme que ses murs ne peuvent assombrir ;
Là même, elle aimera distraire et divertir
Le geôlier étonné de voir ses clefs tremblantes.
Mais lorsqu'elle voudra pour nos âmes dolentes
S'épandre, elle sera, maître intrépide et doux,
Pour la première fois impuissante sur nous.
Elle qui si longtemps a soulagé nos peines
Ne pourra pas franchir l'épaisseur de tes chaînes
Jusqu'à nous dont les mains pourtant les toucheront,
Elle ne pourra plus atteindre notre front :
Car nous perdons celui qui calmait nos alarmes,
Et nous pleurons celui qui nous gardait des larmes !

PHILÈBE.

O Socrate, j'étais l'esclave clandestin
De mes vices ; j'étais buveur et libertin ;
Mes heures composaient, par le plaisir menées,
Des jours, les jours des mois et les mois des années
De mollesse ; j'étais malheureux et pervers,
Et mes meilleurs instincts, toujours plus recouverts,
S'enfonçaient plus en moi sous une épaisse honte.
Mais, un jour, ton regard, que personne n'affronte
Sans ressentir qu'il lit profondément en lui,
Me fixa longuement et perçut mon ennui ;
Ton discours se tourna sur la volupté basse
Qui fait le corps si lourd et fait l'âme si lasse
Que tous deux l'un pour l'autre ont un secret courroux ;
Puis, tu louas celui qui, plus fier et jaloux
De dégager en soi la figure divine,
Travaille à se former une âme qui domine
Les sens inférieurs : elle obtient la beauté,
Un sûr contentement qui ne peut être ôté,
La sagesse, trésor qui passe tous les nôtres.
Tes propos paraissaient être parlés pour d'autres,
Mais étaient dits pour moi, tant, qu'ils désagrégeaient
Mon ancien être vil et déjà dirigeaient

Des surgeons de désir vers un état plus noble.
Comme un enfant qu'on laisse entrer dans un vignoble,
J'ai cueilli le raisin mûri de ton conseil,
Maintenant je te dois, à tant d'autres pareil,
De suivre la vertu si je ne puis l'atteindre !
Si ton puissant flambeau de guide doit s'éteindre,
Je jure qu'en mon cœur il ne s'éteindra pas
Le reflet qui m'en vint en marchant sur tes pas !
Et c'est pourquoi sacrée et louée est la date
Où tu me regardas fixement, ô Socrate.

L'Hôte.

Hélas ! Nul ne connaît encor tout ce qu'il perd !
Maître, ami, père, exemple, et chacun trois fois cher !
Tu fis bien, ô Lysis, d'arrêter notre joie :
L'hôte, en l'honneur de qui cette salle déploie
L'appareil d'un heureux et d'un riant accueil,
Connaît trop maintenant que nos cœurs sont en deuil
Pour que son propre cœur n'en ait point son partage ;
Et ses traits affligés nous donnent témoignage
D'un chagrin fraternel au nôtre. C'est pourquoi,
Bien qu'un cher étranger soit assis sous ce toit,

C'est sa douleur aussi qui veut que l'on arrête
Ces aspects de plaisir et ces débuts de fête.
Ami, reçois de nous une hospitalité
Plus grande que l'accueil qui t'était apprêté :
Sois l'hôte de nos pleurs et de notre tristesse.

L'ÉTRANGER.

Que tu lis, Clinias, mon âme avec justesse !
Elle se voile aussi de votre affliction !
Si le jeune enjoûment de ce soir s'interrompt,
Que ce soit mon chagrin, amis, qui le suspende ;
Si j'enlève à mon front sa légère guirlande,
C'est qu'il en sent le poids, comme vos fronts penchés ;
Et je laisse tomber ces myrtes détachés
A cause d'une angoisse à qui je m'associe !
Ainsi suis-je votre hôte, et vous en remercie !

Il a porté la main à sa couronne de myrte, l'a enlevée et, baissant lentement le bras, l'a laissée tomber à terre. Les autres convives l'imitent. Clinias, le dernier, commence le geste d'enlever aussi sa couronne, mais il s'arrête et, seul, il conserve la parure de l'accueil.

L'Hôte.

Il convient que demain matin, ô mes amis,
Nous allions voir, sitôt qu'il nous sera permis,
Le maître vénéré de tous, afin qu'il sache
Quel lien de respect et d'amour nous attache
A son sort qu'un nuage inclément obscurcit,
Nous — et d'autres encor qui ne sont point ici.

Charmidès.

De plus, il sied, amis, que notre troupe montre
A ses accusateurs, si l'un d'eux nous rencontre,
La haine et le mépris sous lesquels ils vivront !
Il faut que nos regards leur attachent au front,
Chaque fois qu'un de nous les verra dans la rue,
La marque des maudits ; et que leur honte, accrue
Par le mot infâmant qui les désignera
Au théâtre, au portique, au stade, à l'agora,
Partout où l'un d'entre eux montrera son visage,
Les charge tellement et d'un si long outrage
Qu'ils cherchent dans la mort la fin du châtiment !
Nous montrerons combien, qui nous sommes, comment,

Ouvriers obstinés d'un opprobre unanime,
Nous tournerons sur eux la meule de leur crime !

LYSIS.

Socrate a pardonné ! Laissons les Dieux punir !

L'HÔTE.

A quelle heure, ô Lysis, faut-il nous réunir ?
Le geôlier t'a-t-il dit quand il ouvre la porte ?

LYSIS.

Je n'ai rien demandé, Clinias.

L'HÔTE.

Il n'importe !
Dès que le jour va poindre au bord de l'horizon,
Nous nous rassemblerons au seuil de la prison,
Et là, nous attendrons l'instant de voir Socrate
Plus grand dans ce cachot où sa lumière éclate

Que nous ne l'avons vu jamais. — Déjà la nuit
Est à son mi-chemin, et l'espace est réduit,
En ces mois printaniers, qui la sépare encore
Du tombeau lumineux où la couche l'Aurore.
Il sied que vous preniez, amis, quelque repos ;
Socrate, vous savez, veut des esprits dispos
Et des fronts éclaircis, autour de sa parole.
Allez ! Que le chagrin sacré qui nous désole
Se prépare un aspect courageux et serein.

Donne-moi cependant, esclave, un peu de vin,
Et, puisant au cratère, emplis un peu de même
La coupe de chacun —
Amis, quand la trirème
Va partir pour voguer sur le flot périlleux,
Le rite antique veut qu'en invoquant les Dieux
On verse de ce pur breuvage sur la proue,
Pour que le vœu commun rompe, apaise ou déjoue
Les hasards dont la mer et l'avenir sont pleins.
Ainsi je veux, levant cette coupe en mes mains,
Répandre ce vin pur sur la nef invisible
Qui portera bientôt dans l'Incompréhensible
Celui qui, des humains, fut le plus près du ciel !
Et je demande aux Dieux, dont son cœur fut l'autel

Qu'il gagne heureusement la rive jamais vue ;
Qu'après avoir franchi cette mer inconnue
Dont un des bords déferle à notre sort humain
Tandis que l'autre bord s'étend vers le divin,
Il atteigne au pays des choses éternelles ;
Et qu'ayant oublié les haines, les querelles
Dont son esprit sublime avait su s'affranchir,
Il conserve pourtant, là-bas, le souvenir
Des chères amitiés qui recherchaient son âme,
Qui garderont son nom, sa doctrine et sa flamme,
Et sur qui les ruisseaux des jours pourront couler
Sans y creuser d'oublis et sans nous consoler.

LE SECRET DE L'OPALE.

Une petite place dans une petite ville grecque. Elle est de forme ovale et entourée de portiques de marbre blanc dont l'entablement porte, au-dessus des colonnes, des vases régulièrement espacés. Toute cette blancheur se détache sur un ciel d'un bleu intense et lumineux. Au fond de la place, une arche plus haute et plus large offre une issue, et relie les portiques de droite et de gauche. Elle laisse apercevoir des ombrages et des prairies. Le soleil, déjà haut et ardent, bat contre une des colonnades, et laisse un bord d'ombre autour de l'autre.

Au sommet de l'arche, un paon semble un joyau d'azur qui fait partie du ciel. Il a été créé et ouvré de la même matière merveilleuse, mais elle s'est, sous le travail d'un prodigieux lapidaire, condensée, nuancée en bleus plus profonds, plus compacts, plus distincts qui, martelés ou froissés ou lissés par l'outil, en gardent les reflets ; ses ors aussi sont divers, plus lourds, changeants, poudroyants et écailleux. On dirait une somptueuse agrafe du ciel. Au contraire, groupées sur les vases, des colombes blanches ou d'un gris lavandé, où les roucoulements font passer du rose, appartiennent aux portiques et paraissent compléter le décor de marbre. Rayant de deux traits d'ombre les dalles de la place, sur deux gaînes, sont les bustes de Plotin et de Porphyre.

Debout dans la brûlante lumière, un jeune homme est occupé à examiner un objet brillant qu'il tient à la main. Il est vêtu de façon riche et efféminée. Il porte une longue tunique ionique à manches, en soie d'un mauve très pâle, retenue par une ceinture dorée. Il a, par dessus, un manteau d'une étoffe mince et souple, couleur de jeune olive, bordé d'une broderie d'aspect oriental où des dessins entrecroisés mêlent leurs lignes et leurs coloris en une richesse compliquée, dont l'effet est cependant apaisé. Il est chaussé de sandales brodées, retenues par des bandelettes de soie de la même nuance que le manteau. Ses cheveux noirs, longs et bouclés, sont arrangés avec un soin manifeste.

Tandis qu'il est ainsi absorbé, une jeune femme arrive sous le portique ensoleillé, vêtue d'un chiton d'étoffe à mille plis, nuance safran, et d'une écharpe d'un rose vif. Ses bras sont nus et très beaux. Elle aperçoit le jeune homme et s'arrête, à moitié cachée par une colonne, à le considérer d'un air moqueur. Il ne voit rien. Après un instant, elle sort du portique et s'avance de quelques pas vers lui.

LE SECRET DE L'OPALE.

GLINIS.

Qu'as-tu donc à tourner cette bague en tes doigts?
J'ai passé par ici, ce matin, plusieurs fois,
Tes yeux étaient si pris que tu ne m'as pas vue!
Ne crois pas tout au moins que je fusse déçue!
Je te connais très vain et rapide à penser
Qu'une femme ne peut, sans quelque émoi, passer
Devant ce bel œil noir que tu fais sombre ou tendre!
Il n'est filet si sûr où tout se vienne prendre,
Ni pipeau si parfait qu'il puisse tout piper,
D'où quelques oiselets ne sachent échapper

Pour s'en aller, perchés sur une branche haute,
Railler d'un chant siffleur l'oiseleur pris en faute.
Mais, depuis si longtemps, dis moi ce que tu fais,
Sous ces fixes regards et que rien n'a distraits,
A tourner ce bijou dans ta main attentive.
Quel secret cherches-tu ? Quel problème s'esquive
Que ton esprit déçu s'évertue à saisir ?
Peut-être as-tu perdu l'effort de réfléchir,
Et ton cerveau, trop lent pour la subtile idée,
La suit-il toujours proche et toujours évadée !

CALLICLÈS.

Qui ne connaît aussi que tu sais te moquer,
Avec ton rire clair, habile à provoquer ?
Tu portes, sur le bout de ta langue, une abeille
Prête et prompte à piquer, et je suis la corbeille
Sur laquelle il paraît qu'elle aime à bourdonner.
Plus d'un serait heureux de pouvoir enchaîner
Son vol capricieux en risquant sa piqûre ;
Et je ferais marché de garder son murmure,
Fût-ce au prix d'éprouver parfois son aiguillon.

GLINIS.

Mais un Dieu t'a changé ! Ta lèvre est un sillon
Au bord duquel du grain fut semé par la Muse !
Reste en repos pourtant ! Mon abeille refuse
De voltiger toujours sur le même panier,
Ou — si tu le permets — dans le même grenier,
Car tu deviens modeste et tu te diminues.

CALLICLÈS.

Voilà ta raillerie encor ! Tu continues !
Ne vois-tu pas enfin que je suis aguerri ?
Tu peux user sur moi tes épingles d'esprit,
Elles ne piquent plus ; leur pointe est émoussée.
Tes mots dont ma fierté se fut jadis blessée...

GLINIS.

Relâche ce sourcil qui voudrait se froncer !
Tu sais bien que je veux, au plus, te tracasser,
Et qu'il est loin de moi de te faire une offense !
Réponds plutôt ! Dis moi par quelle complaisance

Où ton être absorbé se donnait tout entier,
Regardais-tu tantôt — d'un air de bijoutier
En train d'étudier le joyau qu'il achète —
La pierre que ta main tient encor toute prête
A porter sous tes yeux dans un trait de soleil.
Tu semblais y chercher je ne sais quel éveil,
Car tu la retournais cent fois à la lumière,
Cent fois, avec le geste expert d'un lapidaire,
Tu te reculais d'elle ou l'éloignais de toi,
Pour trouver ses reflets et juger son aloi.
Je t'ai vu de ta main lui faire un fond plus sombre
Pour saisir, l'œil mi-clos, l'éclat qu'elle a dans l'ombre,
La ramener au jour, l'incliner en tous sens,
La frotter doucement de tes doigts caressants,
Puis, ainsi que le fait le buveur qui déguste,
Demeurer immobile et plus fixe qu'un buste,
Tenant les yeux fermés pour n'être point troublé :
Au fond de ton cerveau ton être rassemblé
Possédait mieux l'éclat et l'effet de la pierre !
Ne me diras-tu pas quel était ce mystère ?

CALLICLÈS.

Tu m'as donc à loisir et longtemps regardé ?

GLINIS.

Pourquoi te le cacher ? mon pas s'est attardé
Pour permettre à mes yeux d'admirer ton manège,
Et ce spectacle avait l'attrait d'un sortilège
Auquel — quoi que l'on fasse — on ne peut qu'obéir :
Ma malice y trouvait, je l'avoue, un plaisir.

CALLICLÈS.

Sache donc quelle étude étrange préoccupe
Ma pensée, où je crois tantôt être la dupe
D'un impossible espoir, et tantôt le vainqueur
D'un problème puissant. Redoutable labeur
Qui fatigue mon front orgueilleusement pâle,
Entreprise héroïque, immense, sans égale !

GLINIS.

Je ne te comprends pas.

CALLICLÈS.

Tu me comprends fort peu,
D'ordinaire.

GLINIS.

Peut-être. Apprends que c'est un jeu !
Car je saisis toujours avec beaucoup d'aisance
Ce que tu dis — souvent je l'ai saisi d'avance ;
Je confesse aujourd'hui que je ne te suis pas.

CALLICLÈS.

Je ne sais aujourd'hui si tu me comprendras,
Même en cessant ce jeu de ne pas me comprendre,
Et si l'effort obscur par quoi j'ose prétendre
A déclore un secret jusqu'à présent fermé,
Ne dépassera point le pas accoutumé
Dont ton esprit railleur soutient qu'il me précède.

GLINIS.

C'est donc bien profond ! Parle ! Et, si j'ai besoin d'aide,
Pour la première fois j'aurai recours à toi.
Que si ton esprit met le mien en désarroi,
Et qu'à suivre tes mots je rencontre un obstacle,
Humble et pareille à ceux qu'intimide un miracle,

Je rentrerai chez moi prise d'un tel respect
Que je serai toujours craintive à ton aspect.

CALLICLÈS.

Je suis depuis longtemps intrigué par l'opale,
L'énigmatique opale : un mystère s'exhale
De la pierre, et, flottant sur elle, la défend :
La lentille qui perce et le ciseau qui fend,
L'acide qui dissout, le creuset qui consume
Ne savent la tenir ; le marteau, sur l'enclume,
L'écrase sans pouvoir plus que l'anéantir.
Elle trouble et confond l'œil qui veut la saisir,
On ne sait si l'éclat qui luit et qui s'efface
Sort de sa profondeur ou naît à sa surface ;
On ne sait quand il naît, on ne sait quand il meurt.
Tous les autres bijoux ont leur propre couleur,
Ils la gardent alors que notre main les bouge :
Le saphir reste bleu, le rubis reste rouge,
L'émeraude a son vert, la topaze a son or,
L'azur de la turquoise est immobile et dort,
Le grenat se repose en sa clarté vineuse,
De son violet doux l'améthyste est heureuse,

Le diamant est clair, verdâtre le béryl ;
Et, si quelque rayon plus rapide et subtil,
Entrant dans ces bijoux, s'y brise et les fait vivre,
Ce n'est qu'une couleur qui de lumière est ivre,
Et s'ébat en éclairs qui lui sont ressemblants.

L'opale est infinie en ses reflets troublants :
Elle unit les beautés des autres pierreries,
Elle les prend en elle, intactes ou meurtries,
Elle broie, elle rompt leurs reflets, leurs éclats,
Les mélange au sablon pailleté des micas,
A des poudres de perle et de nacre écrasées,
A des poussières d'or, des ondes irisées.
Je ne sais quel rayon laiteux et palpitant
La pénètre, l'entoure, et, tout à coup, s'ouvrant
D'un trait d'autant plus vif qu'on ne sait où l'attendre,
La montre en ses splendeurs pour bientôt la reprendre,
L'entraîner dans des fonds d'azur, d'iris et d'or,
La rapprocher un peu pour la voiler encor,
Si bien que le trésor qu'il éloigne ou ramène
Bat comme une adorable et merveilleuse haleine.

Non seulement elle a, pour mouvoir ses splendeurs,
Le recul infini d'étranges profondeurs,

Mais, sur le champ toujours muant de sa surface,
Un flot de chatoiments, un fleuve roule et passe
En glissée innombrable, allant on ne sait où,
Puisque l'œil ne peut pas le suivre jusqu'au bout,
Venant on ne sait d'où, car nul n'atteint la source
Lointaine, inaccessible où commence sa course !
Et cet étroit joyau, comme il paraît sans fond,
Est dans son cercle d'or plus grand qu'un horizon.
Inépuisable pierre, ô merveille, prodige !
Quel œil peut voir passer, sans sentir de vertige,
Croisés, superposés en renaissants accords
Tes torrents de reflets, tes cataractes d'ors ?
O trésor de trésors ! Pullulement de gemmes !
Capable, en un instant, d'orner les diadèmes
De tous les empereurs, les potentats, les rois
Qui vécurent jamais — et de parer vos doigts
Vos poitrines, vos cols, courtisanes et reines
Dont, à travers les temps, les beautés souveraines
Aimèrent resplendir sous un poids de bijoux !

Mais en outre elle est bonne, elle vient jusqu'à nous,
Son éclat est intime et douce sa caresse ;
On dirait qu'elle sente et qu'elle reconnaisse

La douceur de la main qui la choie, et des yeux
Qui préfèrent en elle aux gloires de ses feux
Le cœur presque attristé qui l'émeut, et son rêve
Suave et délicat que chaque instant enlève,
Ce rêve de rosée et dont l'enchantement
Renaît dans un si pur et si beau tremblement
Qu'il semble dévider un arc-en-ciel immense.
Me suis-tu ?

GLINIS.

Je te suis! Et mon respect commence.

CALLICLÈS.

N'est-elle pas la pierre aussi des voluptés ?
Quelle autre a ces désirs, ces éclats exaltés
Qui meurent en langueurs, en pâleurs, en extase ?
Un chaud frissonnement de passion l'embrase,
La suffuse de pourpre et la fait haleter
D'un transport trop intense et lourd à supporter ;
Et ses félicités brûlantes, somptueuses,
S'alanguissent bientôt en des blancheurs laiteuses

Où de pâles azurs, d'inexprimables verts,
Des mauves tels que seuls en ont les hauts éthers,
Dans leur chaste froideur prennent sa défaillance.
Son bref, son expirant délice s'y fiance
A la mélancolie attristée. Et sais-tu
Un symbole plus beau du désir éperdu
Qui dans nos cœurs humains se résout en angoisse ?
Mais les Dieux ont voulu qu'un autre désir croisse
Sur les pas de celui qui s'éloigne épuisé ;
L'opale, ranimant son éclat apaisé,
Palpite de nouveau de cette double transe
Faite de lassitude et de magnificence.
Ah ! ceux qui sont épris de l'invincible émoi,
Les amants, peuvent bien la porter à leur doigt,
La pierre de regrets aussi beaux que ses fêtes,
Pierre des voluptés toujours insatisfaites !
Me suis-tu ?

GLINIS.

Je te suis ! Le mot d'étonnement
Est un trop misérable et chétif vêtement
Pour ce que je ressens. Il faudrait des paroles
Outrepassant le jet hardi des hyperboles
Pour porter jusqu'à toi ma stupéfaction.

CALLICLÈS.

Tu n'es pourtant encor qu'au début du sillon.
J'ai l'obstiné dessein d'ouvrir l'impénétrable,
De réduire à son point unique l'innombrable,
De prendre l'impossible et de l'emprisonner
En un rien où tout soit — et de coordonner
Des firmaments entiers au chaton d'une bague.
Tu comprends ? Mais qu'as-tu ? Ton regard devient vague.

GLINIS.

Cela se peut ! tu cours trop en avant de moi !
Ma tête en est surprise et toute en désarroi,
Ma pensée à te suivre a perdu sa sandale.

CALLICLÈS.

Je cherche à découvrir le secret de l'opale !

GLINIS.

Par les Dieux !

CALLICLÈS.

Oui, je veux trouver comment, pourquoi
L'énigmatique pierre entretient son émoi,
Ce qui la fait briller, muer, pâlir, s'éteindre
Mille fois à la fois ! Oui ! j'ai juré d'atteindre,
Sous ce monde d'éclats, le germe initial,
Le central, le suprême et l'intime cristal,
Le cœur mystérieux qui supplée et gouverne,
Qui tantôt illumine et qui tantôt consterne
Sa vie infiniment et toujours en travail,
Ce qui fait une chair de son lucide émail !
Je veux savoir où vont ses reflets, vers quelle ombre !
Je veux fixer le point où ses réseaux sans nombre
Superposés, confus, mêlés, entrecroisés,
Apparaissent en un système organisés !
Je veux la pénétrer ! — J'en ai cassé plus d'une,
J'ai vu sous mes marteaux le bris d'une fortune !
En vain ! car je n'ai rien découvert jusqu'ici ;
Leurs fragments sont muets, et je n'ai réussi
Qu'à rompre des faisceaux merveilleux de nuances,
Et dans leurs débris morts mouraient mes espérances !

J'en ai jeté parfois aux pilons des mortiers,
Ou, cherchant par ailleurs, durant des jours entiers,
Croyant toujours trouver la minute opportune,
Dans des rais de soleil et dans des rais de lune,
J'en ai tourné, j'en ai roulé sous mon regard.
Mais je n'ai point encore amené le hasard
Qui livrerait le nœud d'accord et de concorde,
Comme un musicien sait l'endroit de la corde
Qui produit en vibrant tout un son dont les flots
Grandissent et qu'il suit jusque dans leurs échos.
J'ai, ce matin, tenu cette pierre exposée
Au premier des rayons qui changent la rosée
En joyaux presqu'aussi beaux qu'elle, et maintenant
Le trait d'ombre fait suite au style du cadran ;
Je n'ai point détaché ni relâché ma vue
D'épier cet éclair de rencontre perdue
Au milieu de milliers, de millions d'aspects !

GLINIS.

Sois sûr qu'à ta constance iront tous les respects !
Et le mien le premier mènera le cortège !
Mais tu devras prier qu'Esculape protège

Tes regards coutumiers d'un tout autre travail !
Tu vas — Vénus t'en garde ! — en obscurcir l'émail,
En ternir la fraîcheur, en flétrir la caresse,
En alourdir le jeu, la grâce et la souplesse ;
Et que diront alors celles dont les beaux yeux
Ne sont jamais si beaux qu'en se fixant sur eux ?

CALLICLÈS.

Oui ! de l'effort terrible auquel je le consacre
Mon regard s'éblouit : des flottements de nacre,
Des poudroiments d'argent et d'or et de saphir,
Qui viennent l'un dans l'autre éclater et mourir,
Des apparitions pâles d'aigues-marines,
Des gouttes de grenats, des grains de cornalines,
Des ruissellements clairs, variables, subtils
De rubis, de lapis et de chrysobérils,
L'onde des périgots épandue à pleins vases,
Les brésillements brefs et les feux des topazes,
Se compliquant l'un l'autre en reflets transparents,
A la même seconde unis et différents,
Pressés, multipliés, croisés par myriades,
En ruisseaux, en remous, en vagues, en cascades,

Dansant dans les rayons réfractés du soleil,
Ont rempli mes deux yeux d'un tourbillon vermeil.
Je ferme en vain sur eux mes paupières meurtries,
Un flagellement fou, brûlant, de pierreries
Bat à coups lumineux les parois de mon front.
Je ne puis, par aucun effort de ma raison,
Eteindre cette énorme et douloureuse opale
Qui remplit de son feu la voûte cérébrale
Où doivent résider les ténèbres du Moi!
Et c'est presque un supplice! Et je tremble d'effroi!
Quelquefois ces clartés, leurs remous, leurs tempêtes
Çà et là prennent vie et deviennent des bêtes,
Des paons prestigieux, des serpents ocellés,
Des lézards, des poissons; tordus, entremêlés,
Ils se mangent entre eux, ils échangent leurs formes,
En entrelacements, en grouillements énormes
Gagnent de plus en plus comme un affreux levain.
Mon cerveau, convulsé par leur avance, est plein
Des enchevêtrements, des conflits, des batailles
De ces monstres luisant de plumes et d'écailles,
S'exterminant dans un massacre renaissant
Où toutes leurs splendeurs sont suintantes de sang.
Je voudrais repousser l'abominable vue;
J'étends la main, ma main plus loin qu'elle est tendue!

Alors tout disparaît, tout devient de la nuit,
Où trône un monstre dur dont le regard me suit,
Un sphinx noir dont chaque œil est une grande opale.
Un flot froid de sueur court sur ma face pâle.
J'ai beau mettre mes mains sur mes yeux, et crier !
Il est en moi ! J'ai peur ! J'ai peur ! Je veux prier
Les Dieux sauveurs du Jour ! Je ne puis pas ! Je tremble !
Et le sphinx noir et moi, précipités ensemble,
Dans un choc effrayant qui détache ses yeux,
Nous tombons, nous tombons au gouffre ténébreux
Où l'on ne sait plus rien, pas même l'épouvante !

Même à présent, l'effroi de ces instants me hante !
Vers leur vertige obscur je me sens attiré,
Je sens les premiers bonds de mon cœur effaré !

Pendant que Calliclès parlait, un homme, à peu près du même âge, venant de la campagne, s'est avancé sur la place. Il porte une tunique courte d'étoffe rude, une large ceinture de cuir à laquelle pend un couteau trapu, de hautes chaussures de chasse qui forment guêtre. Il a sur l'épaule un filet, et à la main un rameau dégarni de ses feuilles.

Il est suivi par un grand chien de chasse qui marche soigneusement tout contre lui. En entendant Calliclès il s'est arrêté, et, appuyé contre une des colonnes du portique, mais du côté de l'ombre, il regarde et écoute les deux personnages sans être remarqué par eux. Son chien se couche à ses pieds, la tête allongée sur les pattes croisées et les yeux fermés.

GLINIS.

Cesse ! Tu me fais peur ! Remets donc cette bague
A ton doigt. Laisse là ce propos qui divague,
Qui t'enveloppe aux plis de mauvaises vapeurs,
Et, comme un mot devient rêve chez les dormeurs,
Qui crée, en l'évoquant, la crainte qui t'angoisse !
Mets toi dans l'ombre ! Attends que le soleil décroisse,
Cesse de regarder la pierre, et, si tu peux,
Laisse le bon sommeil se glisser dans tes yeux.
Sa main sombre saura couvrir ton épouvante,
Tu te réveilleras à la fraîcheur tombante,
Et tu prendras plaisir à contempler la nuit
Où l'obscur est immense, et où tout ce qui luit
Dans le creux de la main mettrait un peu de sable.

Calliclès.

Non ! je veux la poursuivre encor, l'insaisissable !
Je veux l'atteindre enfin, je veux la subjuguer,
Fût-ce en m'exténuant, je veux la fatiguer,
Et la réduire, au bout de sa longue échappée,
Pâle, épuisée, éteinte et presque dissipée !
Sous ces mêmes rayons, pour moi seul périlleux,
Qui brûlent ma paupière et nourrissent ses feux,
Je veux lasser sa ruse et soulever la robe
Aux mille plis mués sous lesquels se dérobe,
Dans sa complexité de fuite et de retours,
Son refus de livrer ce qu'elle offre toujours !
Je la tiendrai forcée à la fin et vaincue,
Quand même je saurais que sur elle ma vue
Doit tomber défaillante, ainsi que dans les bois
Le chien meurt sur la mort de la bête aux abois.
Dans la lumière ardente où son mirage ondule
Je saurai la tenir ; le rouge crépuscule
De son rayon dernier viendra la pénétrer ;
Quand il aura sur elle achevé d'expirer,
Je l'offrirai bleuie aux rayons de la lune.
Mon tenace désir, tout amer de rancune,

S'il n'a rien obtenu à force de ferveur,
Prendra d'autres moyens de plus rude vigueur,
Et mon maillet de fer, frappant à l'improviste,
Cherchera dans ses flancs le secret qui dépiste
Et défie et déjoue et déconcerte et vainc.
Ah! si tu fuis mes yeux, tu restes dans ma main,
Pour le matin j'aurai du moins éteint ta flamme,
O pierre, qui parais avoir et n'as point d'âme.

THRASYLLOS.

Il s'avance de quelques pas vers les deux personnages surpris.

C'est d'un fou! Tu ferais bien mieux de la donner
A quelque doigt heureux de faire rayonner
Tous ses feux. Sa beauté, mise à son propre usage,
Servirait à parer la beauté d'un visage,
Quand la main occupée aux boucles des cheveux
La ferait s'approcher de l'éclat de beaux yeux!
Il en est de si doux qu'ils seraient ses émules,
Et ses reflets plus prompts que ceux des libellules

Le sont peut-être moins, et moins profonds aussi
Que ce qui brille et fuit au-dessous d'un sourcil.
Ce serait bien mieux fait que de briser ta pierre !
Que n'en fais-tu présent à Phyllis, à Glycère ;
L'une a des yeux d'azur et d'argent, un trésor !
Et l'autre a des yeux verts qui sont pailletés d'or.
Ce bijou conviendrait, je t'assure, à chacune,
Bien que Phyllis soit blonde, et Glycère soit brune.
Je crois que l'une ou l'autre aussi consentirait,
A défaut de l'opale, à livrer son secret.

CALLICLÈS.

Ne m'importune pas avec ta raillerie !

THRASYLLOS.

Pour ôter tout prétexte à ta maussaderie,
Ecoute en regardant, regarde en écoutant,
Fais les deux, soit ensemble ou bien en alternant ;
C'est un jeu plus facile et de fatigue moindre
Que de vouloir, ainsi que tu le fais, disjoindre
L'éclat de la couleur, la couleur du reflet,
Et diviser le beau qui n'est beau que complet.

Ainsi tu pourras mieux supporter ma franchise !

D'abord il est de triple ou quadruple sottise
De vouloir ramener le plaisir au savoir,
De prétendre toucher ce qu'il est doux de voir !
Croire qu'un trait de grâce ou de beauté s'explique
Par un unique fait qu'exprime un mot unique,
C'est n'avoir point compris que d'infinis accords
Arrivent s'ajuster dans un geste du corps,
Qui viennent du profond des siècles et des races ;
Qu'un seul point de beauté tient à tous les espaces,
Et qu'à sa fine aiguille aboutit l'univers.
Si tu veux te plonger aux abîmes ouverts
Qui sont sous un regard, un accent, un sourire,
Dans l'abîme sur qui se clôt ce qu'on admire,
Tu te disperseras jusqu'au chaos premier,
Et ne retrouveras ton être coutumier
Qu'à la surface mince et cependant immense
Sous qui l'incertitude et la chute commence.

Si ton opale est belle — et je crois qu'il en fut
Rarement d'un éclat plus riche et plus touffu —
Admire la, que dis-je ? aime la pour sa grâce,
Suave d'autant plus qu'elle naît et s'efface

Du même mouvement qui l'appelle et l'éteint!
Chéris la d'être ainsi! Tout autre effort est vain!
Renonce à rechercher ou le cristal ou l'angle
Où tout est, la formule imparfaite qui sangle
Aux lanières des mots ce qui tient tout un ciel.
Et comme les parfums des fleurs sont dans le miel,
Les vents dans les parfums, dans les vents les collines,
Les bois, les océans et les lignes divines
Qui descendent vers nous des bornes de l'éther,
Si bien que le rayon sur notre table ouvert
Laisse couler un peu de la somme des choses,
De même les lueurs dans ton opale encloses
Contiennent l'incendie antique où s'est formé
Le monde qui par lui reste encor animé.
De l'arome d'un miel, de l'éclat d'une pierre,
Rien, sans les abolir, ne se saurait abstraire.
Le gauche et minuscule outil des sens humains
Ne fait que tâtonner au bord d'eux, et nos mains,
A saisir ce qu'ils ont de subtil maladroites,
Sont aussi pour tenir leur grandeur trop étroites.
Et c'est pourquoi l'effort où tu brûles tes yeux
Est absurde, infécond, vide et pernicieux,
Il est présomptueux, fantasque et frénétique.
Et c'est de l'hellébore appuyé de colchique

Qu'il faudra te donner pour guérir ta raison.
Allons ! cache l'opale et rentre à ta maison !
Egorge quelques coqs sur l'autel d'Esculape.
Je gage qu'il faudra du temps pour que Priape
Ait lieu de se montrer favorable à tes vœux !

CALLICLÈS.

Va ton chemin, railleur ! Je sais que tu m'en veux
Pour t'avoir autrefois pris le cœur de Néère !

THRASYLLOS.

Prendre son cœur était une chétive affaire,
Mais son corps de déesse était d'un plus grand prix !
La rose dont ses seins neigeux étaient fleuris
Avait été cueillie en des jardins célestes.
Mais j'ai l'oubli dispos et j'ai les pardons lestes,
Je ne t'en voulus point plus de deux ou trois nuits.
Et, dis moi, cherchais-tu, lorsque tes yeux séduits
Contemplaient ses beautés, le point par lequel passe
Le jeu toujours nouveau de ses lignes de grâce,
Le point mystérieux d'où son charme est issu,
Qui, tel que ton joyau, laisse toujours déçu,

Tant il est vif à fuir et rapide à renaître,
Le regard dérouté qui cherche à le connaître?
Tu dus lui procurer un peu d'étonnement,
Elle connaissait mal ces méthodes d'amant.

GLINIS.

Tu ne m'as pas, à moi, pris le cœur de Néère.
Cependant, Calliclès, crois-moi, je considère
Que notre rude ami t'a sagement parlé.

THRASYLLOS.

Sous ton trop lourd effort brusquement écroulé,
Tu tomberas sans force aux pentes du Délire,
Au bord du précipice où la folie attire
Les esprits épuisés et sur elle penchés.
Ces secrets, trop puissants pour qu'ils soient arrachés
Par notre embrassement, c'est eux qui nous arrachent;
Nous n'en sommes sauvés que si nos mains les lâchent,
Nous sommes entraînés, tant que nous les tenons,
Loin de nous, loin de tout, aux gouffres inféconds
Où nous sommes si peu que le moi se disperse.
Ouvre tes bras crispés! retombe à la renverse

Dans la vie, et dans l'acte incertain, et l'amour,
Et tout ce que la vie a de fragile et court,
Mais qui nous sert de sol au dessus du grand vide!
Reste sur la surface où le hasard décide,
Où le désir devine, où le besoin saisit,
Où notre cœur reçoit ce qu'il croit qu'il choisit,
Où tout dans l'à peu près s'accommode et s'ajuste,
Où rien n'est ni très sûr, ni très clair, ni très juste,
Mais qui n'est point la mort, laquelle est tout autour.
C'est sans doute un débile et précaire séjour,
Mais il faut l'accepter en t'acceptant toi-même!
Et c'est pourquoi, crois nous, profite de ta gemme
Pour en parer ta main, ton col ou tes cheveux;
Ecarte toi d'auprès du puits vertigineux
Que ce fin cercle d'or enceint de sa margelle!

CALLICLÈS.

C'est étrange! à ta voix ma volonté chancelle!
J'éprouve la frayeur de ce que je tentais!
Et je croyais sentir, lorsque je t'écoutais,
Ce vertige effrayant au bord de la démence!...
Et cependant, au fond de cet effroi, je pense

Qu'il n'est pas impossible et serait triomphal
De faire de l'esprit d'un mortel le rival,
Le vainqueur de ce nombre incalculable où passe
Tout le progrès du monde, où, dis-tu, se ramasse
Sa palpitation immense! Ce serait
Surhumain, colossal... Mais cette œuvre apparaît
Trop vaste pour l'audace humaine à qui t'écoute!
Voici qu'en ma fatigue il s'insinue un doute,
Que je me sens débile, impuissant, indécis,
Et que, selon tes mots cruels, je tombe assis
Au milieu des débris d'un effort qui s'effondre.

Il se laisse choir sur la haute marche qui exhausse le pavement du portique au-dessus du niveau de la place.

THRASYLLOS.

Ne prends pas cet aspect abattu d'hypocondre!
Je te l'ai dit, remets cette pierre en son sac,
Jette la dans un puits, jette la dans un lac,
Jette la dans la mer, jette la dans la flamme!
Ou, mieux, fais en présent à quelque petite âme

Qui pour son petit corps aime les gros bijoux !
Et tu seras payé par des regards si doux
Qu'ils te rendront bientôt la pierre indifférente.
Débarrasse toi d'elle ; elle poursuit et hante
Ton esprit qui n'a pas besoin de cet émoi.

CALLICLÈS.

Il semble que tout soit obscur autour de moi !
Et qu'avec mon espoir mon opale aussi meure !

GLINIS.

Laisse le, Thrasyllos. Ne vois-tu pas qu'il pleure ?
Ton cœur n'est pas méchant, mais ton langage est dur.
Mène le doucement à l'ombre de ce mur ;
Que ses yeux fatigués et brûlés se reposent,
Soit qu'ils cherchent la nuit d'eux-mêmes et se closent,
— Mais ils portent en eux leur éblouissement ! —
Ou soit que son regard s'apaise lentement
Par de moindres degrés de lumière, et qu'il use
L'illumination qui s'irradie et fuse
Jusque dans son cerveau violé par le jour !
Il reviendrait ainsi, par un plus sûr retour,

Des exaltations de clarté, de l'ivresse
Qui sous son propre front lutte avec sa détresse.

Vois de quel air navrant et touchant à la fois
Il regarde sa pierre et la tourne en ses doigts !
Non plus comme tantôt avec ardeur avide,
Mais tristement avec un regard terne et vide,
Comme si quelque chose était mort dans sa main,
Quelque chose de cher dont son cœur encor plein
Commence seulement à comprendre la fuite.
Comme dans les chagrins trop subits, il hésite,
Il se refuse à croire, il accorde, il reprend,
Mais il ressaisit moins ce qu'il rattire, il rend
Ce qu'il vient de reprendre, et ces alternatives
De défenses qui sont de plus en plus chétives,
Et d'emprises du fait de plus en plus brutal,
L'amènent lentement vers cet instant final
Où son esprit, forcé par sa longue défaite,
Accepte tout-à-coup sa détresse complète,
Comme un soldat vaincu qui se laisse égorger
C'est la minute dure, il faut lui ménager
Ce passage, car l'âme à l'excès étonnée,
Relâchant brusquement sa roideur obstinée,

S'abandonne et se livre entière au désespoir !
Si brutal et brisant le choc qui la fait choir
Qu'éperdue, oublieuse, elle fuit et délaisse
Le corps qu'elle a miné de sa longue détresse,
Surmené de son vain et fantastique essor,
Ravagé de son rêve, épuisé d'un effort
Dont elle lui retire à présent l'énergie.
Il s'affaisse parmi les tessons de l'orgie,
Sur les fragments aigus du cristal dans lequel
Il buvait un vin fou pour se croire immortel ;
Il traîne sa stupeur au bord de l'agonie.
C'est alors qu'il convient qu'un ami s'ingénie
Pour consoler un peu, pour un peu soutenir
L'être déconcerté que vient de désunir
L'effondrement du corps et la chute de l'âme.
Regarde, Thrasyllos, si ce n'est pas ce drame
Qui naît, là, devant nous. En serons-nous témoins
Sans qu'à ce malheureux s'intéressent nos soins ?

CALLICLÈS.

Il a tout à fait cessé de percevoir ce qui l'entoure. Il tient son opale écartée de lui de toute la longueur de son bras. Il la regarde comme une chose qui serait très lointaine.

Elle est trop loin! trop loin! et ne peut être atteinte!
Elle est là-bas! là-bas! Je n'ai dans mon étreinte
Qu'un semblant, un aspect, une ombre; entre elle et moi
Des espaces, des temps, dont la longueur s'accroît
Plus mon regard y cherche et mon esprit s'y plonge!
Je ne sais ce qui crée et d'où me vient ce songe!
Il est peut-être en moi, fait de moi tout entier!
Et moi, je suis alors un chaos sans foyer,
Une erreur qui se sent, pense exister sans être,
S'use à s'imaginer, échoue à se connaître,
Et flotte en un néant qui disperse et dissout
Ce rêve qui n'est rien et qui croit être tout!

Il laisse retomber sa tête dans ses mains rapprochées, de façon que ses yeux s'aveuglent dans les paumes. Il reste ainsi plié et accablé, tremblant de sanglots étouffés.

THRASYLLOS.

Eh quoi! ne sens-tu pas ma main sur ton épaule?
Ne te touché-je pas avec ce brin de saule?
Ne vois-tu pas mon ombre allonger son dessin
Et faire un geste obscur au milieu du chemin?

Glinis.

Laisse le, Thrasyllos, et comprends qu'il soit triste !
Il sied au cœur de l'être alors qu'il se désiste
D'un rêve, d'un amour, d'un espoir, d'un effort
Dont l'abandonnement contient un peu de mort.
Son désir après tout n'était pas sans noblesse,
Ni sans un sens profond qui se nomme sagesse
Quand il est exercé par de plus hauts esprits.
Dans ce bijou que couvre un ongle, il s'est épris
De ce même problème où toutes les pensées,
Par un même besoin universel poussées,
Celles des plus obscurs, des plus grands, des meilleurs,
S'aventurent parfois sur l'ordre de nos cœurs.
Chacun veut arriver au fond de ce qu'il aime,
Nul ne peut consentir à n'avoir que l'emblème
De l'être ou de l'objet qu'il cherche à posséder,
Plus loin que l'apparence on voudrait regarder,
Et c'est le grand tourment des tendresses humaines
De se pencher au bord d'inscrutables fontaines
D'où s'écoule un peu d'eau sur un caillou moussu,
Mais dont l'abîme obscur s'enfonce inaperçu.
Et n'avons-nous pas tous laissé tomber des larmes,
Dans ce gouffre effrayant où même nos alarmes,

Nos soupçons, ne pouvaient descendre jusqu'au fond!
C'est ce qui s'est passé, Thrasyllos, sous son front!
Et cela n'est-il pas assez pour le défendre?

Et même il pressentait, sans très bien le comprendre,
Je ne sais quoi de grand que son futile jeu
Tentait à son insu! Ceux qui trouvèrent Dieu
Qu'ont-ils fait, Thrasyllos, que de chercher une âme
A ce grand tourbillon de lumière et de flamme
Dont nous voyons changer l'aspect et les éclats?
De cet essai puissant si les uns restent las,
D'autres sont demeurés et demeurent encore
Hors de tout, attendant l'heure qui doit déclore
Le suprême secret dans la suprême loi;
De leur extase ardente ils ont fait une foi;
Ou, drapant aux couleurs de diverses étoffes,
Selon qu'ils sont savants, poëtes, philosophes,
Leur rêve et leur désir que ce rêve soit vrai,
Ils ont, vers des instants plus solennels, soustrait
L'homme aux travaux bornés, aux tâches passagères
Dont il doit acheter les douceurs mensongères
Que demain et demain emmènent devant lui,
Ou payer sur le champ les besoins d'aujourd'hui.

Leur recherche impossible et constamment déçue,
Dans son long insuccès reste la seule issue
Hors de la grotte étroite et froide où les instants
Passent en ruisselets peureux et sanglotants
Dont tout le mouvement est l'appel de leur chute.
Dans un être qui n'est jamais qu'une minute
Ils ont mis des pensers, tout-à-coup entr'ouverts,
Qui dévorent le Temps et pèsent l'Univers ;
Et notre esprit haussé se croit, quand il retombe,
Meilleur que son destin et trop grand pour sa tombe.
S'ils n'ont rien trouvé d'autre, ils ont du moins trouvé
L'orgueil et la grandeur de ce qu'ils ont rêvé.
Et peut-être, après tout, que le même problème
Tient en un groupement de cristaux qu'au système
Où des astres lointains s'équilibrent entre eux,
Et qu'il avait raison lorsqu'il parlait de cieux
Dans l'entrecroisement des rayons de sa pierre.
C'est pourquoi, Thrasyllos, ne lui sois point sévère.
Comprends ce qu'il cherchait, ne le tiens pas pour fou
Parce qu'il voyait tant en un menu caillou ;
Ou plutôt il n'est pas plus dément que les autres,
Et je connais les noms de sages et d'apôtres
Illustres pour des jeux qui s'égalent au sien.

THRASYLLOS.

Je le crois volontiers ! — Où donc a fui mon chien ?
Arrive ici, Phylax ! et regarde ton maître !
Éprouvas-tu jamais le besoin de connaître
L'âme, le fond, la loi de l'être à qui tu dois
Des caresses, ton pain et le fouet quelquefois ?
Sauter autour de moi n'est pas une réponse !
Advient-il que ton brave esprit de chien renonce
Au plaisir d'accourir vers moi dans le jardin,
Au bonheur de sentir ta tête dans ma main,
Ou de dormir le cou sur mon pied immobile,
A tout ce que ton âme ingénue et docile
Peut recevoir de joie et de contentement,
Parce qu'il reste au seuil et au commencement
De l'homme interminable et profond que je traîne,
Et qui contient en lui toute la race humaine,
La terre, le soleil, l'univers et les temps,
Que mes arrière-plans te semblent trop distants ?
Eh bien ! que réponds-tu ? — Tu veux une caresse ?
Seule ma main passant sur ton dos t'intéresse,
Et ton bon œil quêteur cherche à tirer du mien
Le regard amical, que doit suivre, ô mon chien,

Ton nom dit d'une voix que tu devines tendre.
C'est là le seul bonheur à quoi tu veux prétendre?
Le voici! C'est assez! Allons! Veux-tu finir!
Oui! C'est un très beau chien! Maintenant va courir!
Attrape ces pigeons qui gloussent sur la route,
Ou bien vas aboyer à la vache qui broute
Et qui te montrera, pour jouer avec toi,
Les cornes de son front, en feignant de l'effroi.
Tu vois, il est joyeux! De ce que je lui donne
Il se contente et vit; pour lui, la vie est bonne.
Il est, en vérité, plus sage que nous tous,
Plus sage et plus heureux, et seuls ses bonds sont fous.
Il aime à l'épaisseur de ce qu'il peut connaître.
Mais nous, notre savoir se tourmente et pénètre
Plus loin que ne saurait avancer notre amour.
C'est pourquoi celui-ci se voit chétif et court.
Il devient anxieux, défiant de lui-même,
Tremblant de se sentir perdu dans un problème,
Lui qui doit régner seul, et veut être une foi!

Et c'est une leçon que j'ai faite pour toi,
Tout autant que pour lui.

GLINIS.

Merci de ta sagesse !
Si c'est à moi surtout que ta leçon s'adresse
J'y penserai plus tard ! C'est un soin moins pressé
Que d'éloigner d'ici ce pauvre être blessé.
Lève toi, Calliclès ! Viens que je te conduise
Vers le puits sous les vieux noyers ; l'eau qu'on y puise
Est salutaire et froide, et les rameaux épais
Des grands arbres aussi font un asile frais
Du banc de marbre vert que leur voûte protège !
L'eau que le seau ramène est fille de la neige :
Tu calmeras ton front sous un linge mouillé,
Et tes yeux qu'éblouit ce mur ensoleillé.
La brutale clarté de ce grand jour les brûle,
Ils se reposeront baignés d'un crépuscule
Ombreux, tel que la brise a l'air, quand elle en sort,
D'emporter les baisers d'un jeune vent du Nord.
La margelle du puits est humide de mousse
Qui, pour tes doigts fiévreux, sera salubre et douce
Si tes yeux surmenés ne te conduisent pas,
Viens, donne-moi ta main ! Je guiderai tes pas !

CALLICLÈS.

Que ton secours m'est doux ! Ta voix a ton sourire
Quand il est bon, et perd sa pointe de satire
Qui souvent, tu le sais, en retrousse le bord.
Mon regard est voilé d'un pétillement d'or ;
Et si je t'entrevois c'est que tu fais une ombre.
Se peut-il que mes yeux soient perdus, que je sombre
Poussé par la lumière aux gouffres de la nuit ?
Ta main, où donc est-elle ? Entends-tu ? C'est le bruit
De la chaîne de fer qui remonte l'eau fraîche !
J'ai si soif ! Ma gorge est en feu ! Ma lèvre est sèche,
Tant que les mots pesants paraissent s'y durcir
Sans pouvoir la quitter. Ah ! Je voudrais tenir
Un verre que l'eau froide a mouillé de buée !
Mon front brûlant voudrait être sous la nuée
D'où tombe de la neige avec des airs glacés !
Suis-je donc châtié par les Dieux offensés ?
J'ai si soif ! O ruisseaux où court l'eau qui dégèle !
Et mon front brûle aussi ! Ta main, où donc est-elle ?

GLINIS.

La voici.

CALLICLÈS.

Qu'elle est fraîche !

GLINIS.

Avance auprès de moi ;
Dans un instant, ton front, tes yeux, d'un bandeau froid
Couverts, seront trempés de fraîcheur bienfaisante !

CALLICLÈS.

Je ne veux plus toucher la pierre décevante
Dont la splendeur perfide et la séduction
Ont entraîné, ravi, perdu ma vision,
Et blessé mon regard, peut-être pour la vie !
Sa cruauté doit être, à présent, assouvie !
Je la hais ! Je la hais ! Veux-tu que cette main,
Si prompte à la bonté sous son geste mutin,
Que cette main qui m'est clémente et secourable,
S'orne à l'un de ses doigts de ce bijou coupable
Du malheur qu'elle sait panser et soulager ?
Je crains peu que son mal puisse se propager
Dans ton regard plus sûr que le mien et plus sage ;
Sous tes clairs yeux railleurs elle perd son ravage,

Et leur subtilité passe son chatoiement.
Accepte la, Glinis, chétif remerciment
De ta bonté fidèle et prompte à ma détresse !
Zeus fasse que bientôt mon œil la reconnaisse
Au doigt où je la mets.

GLINIS.

Elle est d'un trop grand prix !
Garde la, Calliclès ! Et ne sois point surpris
Non plus que je répugne à porter cette pierre ;
Moi-même, je ne puis la voir qu'avec colère !
Elle t'a fait trop mal, pour que j'aie un plaisir
A regarder ses jeux cruels ! Tu dois souffrir !
Tes pauvres yeux rougis sont maltraités encore
Par chaque instant passé sous ce ciel qui dévore
L'ombre au pied des maisons dont les murs sont trop blancs !
Là-bas est la fraîcheur hors des rayons brûlants !

CALLICLÈS.

Alors qu'elle périsse et qu'elle disparaisse,
La détestable pierre, ingrate à ma caresse !
Mène moi vers le puits, au bord du puits profond,
Et je l'y jetterai ! J'écouterai le son

De sa chute sur l'eau ; tu la verras lancée,
Pour la dernière fois briller, puis, effacée,
Visible seulement par son fin cercle d'or,
Descendre et disparaître en l'abîme où l'eau dort !
Et là, tu dormiras aussi, pierre méchante,
Loin de tout ce qui vit et vole, embaume et chante,
Loin de ce qui chérit, de ce qui peut souffrir !
Pour des siècles, tu as fini de resplendir,
Pour jamais ! pour jamais ! Le fond hideux des vases
Va remplacer l'air pur et vaste où tu t'embrases.
Il ensevelira ta mauvaise beauté
Dans l'oubli primitif et dans l'obscurité.
Moi ! sauvé de ton charme et de ma servitude,
Je rentrerai parmi la longue multitude
Qui reçoit le destin avec des cœurs discrets,
Qui naît, vit et vieillit, timide des secrets
Dont le plus grand encore est celui de notre être,
Et, sans avoir rien su, consent à disparaître !

THRASYLLOS.

Par Zeus ! C'est un progrès, Calliclès ! Dans trois jours
Tes yeux guéris pourront retrouver des amours

Qui te blesseront moins. Rajuste ta sandale,
Pauvre Icare dolent ! Mais il est une opale,
Calliclès, dans beaucoup de choses, et surtout
Dans les cœurs féminins ; plus d'un amant est fou
Pour vouloir un secret qu'ils ignorent eux-mêmes !
Tu vois des yeux brûlés, tu vois des tempes blêmes
Et des pas chancelants, qui ne sont point causés
Par l'innombrable pierre aux reflets irisés,
Mais par des yeux qui sont innombrables comme elle.
Mainte âme à son égal est fuyante, et cruelle !
Crains donc que ton anneau ne remonte du puits,
Et que tes yeux captifs, oublieux et séduits
Ne cherchent de nouveau le secret impossible :
Vis borné, Calliclès, et tu vivras paisible !

GLINIS.

Toujours sa parole âpre et sa rude façon !
Il est austère et fort ! — Peut-être a-t-il raison ;
Peut-être chaque femme a-t-elle dans son âme
Une étrange, inscrutable opale, et qui réclame
Qu'on cherche son secret pour donner son amour.
Elle sent dans le long regard qui la parcourt

Un monde de désirs qui devient son délice ;
Et la pierre en nos seins a mis son artifice
De prolonger l'émoi par un constant refus.
Tout cela longtemps dort, attend vague et confus
Et de nous ignoré ; mais vient une parole,
Comme celles qu'il dit, qui tombe et nous affole
Tant elle nous contraint à regarder en nous.
Et pour l'émoi dément, éperdument jaloux,
Du pauvre Calliclès, pour sa folle exigence,
Plus d'une pourrait bien se sentir l'indulgence
Qu'elle aurait pour celui qui l'aimerait ainsi.
A s'être fait trop libre et pur d'un tel souci
Le cœur de Thrasyllos, si franc et si robuste,
Apparaît court et dur et trop simple et trop fruste ;
Il manque quelque chose à sa brusque bonté.
A quel cran est, hélas, le poids bien ajusté
Qui, du rêve au réel, tient la balance égale ?

Elle prend Calliclès par la main et l'emmène, avec une tristesse infinie.

Allons ! viens, Calliclès, viens jeter ton opale !

THRASYLLOS.

Il les regarde s'éloigner, puis, quand ils vont disparaître de l'arche, dans les grands arbres, il hausse les épaules d'un mouvement brusque et un peu colérique.

Ici, Phylax ! Plus vite ! As-tu pris un pigeon ?
As-tu mordu la vache ? A quoi donc es-tu bon ?
Je vais te préparer de plus rudes besognes.
Le vieux berger Phorbos, après lequel tu grognes
Hormis quand il te jette un fromage et du pain,
M'a dit qu'il avait vu des traces, ce matin,
Fraîches d'un sanglier qu'accompagnait sa laie.
C'est dans le grand pacage au bas de la hêtraie.
Nous allons le forcer. Je te préviens qu'il est
De taille, et qu'il saura se défendre. Es-tu prêt ?
Tu les connais ces vieux sangliers ; c'est la foudre.
Tâche de l'aborder sans te faire découdre,
Vieux Phylax ; c'est assez si ses boutoirs ardents
Te roussissent le poil, sans pénétrer dedans ;
Tu sais que leurs discours n'ont point de longs exordes !
Viens ! Nous allons chercher les filets et les cordes,

Les larges javelots, les épieux de cormier.
Oui ! Je sais bien ! Tu dis qu'il n'est point de limier
Qui fonce dans la bauge ou suive la foulure
Comme toi, mon Phylax ; mais surveille la hure
Avec ses deux crocs blancs qui prennent par dessous.
Plutôt qu'un sanglier j'aimerais mieux deux loups,
Si j'étais de Locrie et de plus chien de chasse.
Viens ! Donne ton museau ! Tu sais ! Pas trop d'audace,
Car ton maître, mon chien, t'aime bien, et serait
Triste, s'il te fallait rapporter dans un rêt,
Comme on a rapporté Bryas, Orghé, ta mère,
Qui t'a créé, comme elle ardent et téméraire.
Tu veux partir ? C'est juste ! Il faut être arrivé
Avant le soir, sinon l'animal est levé
Et déjà loin pour sa nocturne randonnée.
C'est bien ce qu'il nous faut après cette journée :
Un bon vieux sanglier rageur et rude en nerf ;
Non ! j'ai trop vu pleurer aujourd'hui ! pas de cerf !
Demain sur son autel Diane aura, sans doute,
Un cuissot détaché pudiquement. En route !

L'AMANT DE LAÏS.

I

A LAÏS.

J'ai possédé ton corps pendant toute une année ;
D'un souvenir de feu ma vie est couronnée,
Mais c'est ce souvenir aussi qui la consume ;
Car il n'est point de jours qu'un regret ne s'allume
Dans mon cœur qui devrait tout entier être cendre !
Du lit d'ivoire et d'or il m'a fallu descendre,
Où celui qui s'assied auprès des Dieux prend place,
Descendre et devenir l'étranger qui ramasse
Les myrtes que l'Amour a froissés sur ta couche.
Et je vis jalousant de mon désir farouche
Celui par qui ta chair divine est possédée,
Et vers qui, sur la soie écarlate accoudée,

Tu tournes ton sourire et penches ta caresse.
Je vois se succéder, ivres de mon ivresse,
Les riches, les puissants, les donneurs d'opulence,
Qui te parent de luxe et de magnificence,
Et font de sa demeure un temple, à la prêtresse
Qui pourrait, sur l'autel, remplacer sa déesse,
Sans que les yeux humains la vissent moins céleste.
Bien que mon cœur jaloux et brûlant les déteste,
Je comprends qu'à tes pieds un fleuve d'or s'écoule,
Et qu'il est juste aussi que dans ses flots s'écroule
La fortune de ceux qui te veulent une heure ;
Ainsi que des palais, sur les rives qu'effleure
Et que mine un torrent, s'abattent ou s'affaissent,
Il convient qu'à leur tour tes amants disparaissent ;
Quel homme a le trésor qui paîtrait tes délices ?
Comme pour l'entretien d'illustres édifices,
Il faut à ta beauté le tribut d'un empire !

Mais lorsque je te vois, sur ton seuil de porphyre,
Émue et souriante et par Eros blessée,
Portant ta gratitude en ta marche lassée,
Quitter l'adolescent rencontré dans la rue,
Pauvre, sans renommée et de race inconnue,

Que, pour son corps robuste ou ses yeux ou sa bouche,
Tu menas de la main vers ta chambre et ta couche,
Alors d'âpres poisons mon regret s'envenime,
Alors ma jalousie est voisine du crime,
Et des nœuds de serpents sifflent dans ma poitrine.
J'ai donné ma richesse et voulu ma ruine,
Croyant trop peu payer un temps inoubliable ;
Et comme au sablier on voit baisser le sable,
Je savais le moment où finirait ma joie.
Mais la jeunesse aussi sur mes traits se déploie,
On dit que je suis beau ; mon corps est fort et souple.
Parmi tant de lutteurs que la palestre accouple
Un sculpteur m'a choisi pour modèle d'athlète ;
Et parfois, contre moi, tu connus la défaite,
Quand nous nous disputions le prix d'une autre lutte.
Maintenant que je suis très pauvre, et que ma chute
M'a fait, en tout, semblable à ceux que ton caprice
Ou ta compassion ou bien l'heure propice,
Toujours impérieuse, où ton beau corps s'embrase,
Enivrent quelquefois du vin du plus pur vase
Où Vénus ait permis aux voluptés de naître,
Ne me refuse pas l'espoir qu'un jour, peut-être,
Quand ton âme diverse, aux prompts oublis habile,
Ne se souviendra plus de notre brève idylle,

Comme à ces étrangers, il te plaira d'étendre
Ton geste impérieux, dédaigneusement tendre,
Vers moi qui feindrai d'être, étouffant ma mémoire,
Pour la première fois ébloui de ta gloire.
Ah ! ne me défends pas de penser qu'il se puisse
Que ta ceinture encor, sous mes doigts tremblants, glisse,
Et descende vers moi de plus haut que d'un trône !
On dit qu'un jour tu fis de toi-même l'aumône
A quelque mendiant dont tu voyais la face
Bouleversée, ardente, éblouie et vorace
Proclamer le pouvoir de ta chair adorable,
Et tu fis, un instant, un roi d'un misérable.
Vois ! Tu m'as fait pareil à celui qui mendie !
Vois ! Je porte en mes yeux un plus âpre incendie !
O Laïs ! O Laïs ! fût-ce un jour, fût-ce une heure,
Laisse-moi, par pitié, t'aimer, et que je meure !

II

A LAÏS.

Ton charme et ton dédain ont divisé ma vie!
Ta puissante beauté tient mon âme asservie,
Mais ta froide hauteur la repousse et l'exile,
Et mon faible vouloir, distrait et malhabile,
Inégal à l'attrait de ta grâce suprême,
Laisse mon cœur, trop lâche à quitter ce qu'il aime,
Boire à longs traits un vin de honte et d'amertume,
Dans cet abaissement auquel il s'accoutume,
Sans perdre le dessein d'y mettre enfin un terme.
L'ordre qui retentit dans mon âme peu ferme
Me donne la pudeur et le tardif courage
De rompre les filets d'un étrange esclavage,
Et d'aller loin d'ici redevenir le maître
De ce qu'un jeu pervers m'a laissé de mon être.

Mais l'heure du départ me découvre sans force.
Le vœu libérateur est moins sûr que l'amorce,
Et mon cœur est si bien dépouillé d'énergie
Qu'il retourne à l'opprobre et qu'il s'y réfugie.
Pour trouver un abri contre sa délivrance.
Ainsi vit dans sa peine et dans sa déchéance
Mon âme tour à tour repoussée et séduite ;
Je m'enfuis loin de toi d'une éternelle fuite,
Et reste à tes côtés comme auprès d'une source.
Pour dernier témoignage et dernière ressource,
Ma dignité n'a plus qu'un effort si futile
Qu'il prend peur de lui-même et qu'il cherche un asile
Dans l'invincible affront dont l'excès l'a fait vivre !
Et même ces souhaits d'un jour qui me délivre
Ne me traversent plus que par visites rares !

Où sont-ils les clairons ardents dont les fanfares
Précédaient et chantaient ma jeunesse orgueilleuse,
Enguirlandés de myrte et de feuilles d'yeuse ?
Où sont-ils les clairons de triomphe et de fête
Qui marchaient vers la vie ainsi qu'à leur conquête ?
Ils sont là-bas, au loin, derrière la colline
Où le soleil atteint mortellement s'incline,

Ainsi que les buccins d'une armée en déroute
Que les soldats blessés ont jetés sur la route ;
Ils sont dans les cailloux, la poussière et les boues,
Les chariots les ont écrasés sous leurs roues !

III

PRIÈRE A VÉNUS.

Vénus, je n'ai plus rien pour faire un sacrifice
Qui te rende à mes vœux bienveillante et propice ;
Je tends vers ton autel des mains vides et creuses ;
Je n'ai point de bélier aux fougues amoureuses,
De chèvre ni de bouc, pas même une colombe,
Pas même un passereau ; toute mon hécatombe
Consiste en cette pomme avec cette grenade.
J'espère peu, Vénus, que ce don persuade
Celle vers qui l'encens de mille autels s'élève,
Et dont les pieds divins marchent sur une grève
Où vient mourir la mer de la prière humaine.
Si pourtant tu savais les causes de ma gêne,
Peut-être serais-tu clémente et secourable
A celui dont l'offrande infime et misérable,

Déesse aux cheveux d'or, est toute la fortune.
Du moins que mon histoire apaise ta rancune
Contre un présent chétif, de ton regard indigne.

Avant le sort étroit auquel je me résigne,
Je fus riche ; j'avais des moissons, des galères
Et des mines d'argent ; et, dans ces temps prospères,
Les dons que je t'offrais ne me faisaient point honte.
Mais j'ai connu Laïs, et quel mortel affronte,
Sans se sentir perdu, l'enchantement de celle
En qui tu déposas la plus riche parcelle,
Plus forte que le philtre et les arts de Médée,
Qu'une femme mortelle ait jamais possédée
Du charme et du pouvoir dont tu domptes le monde ?
Pour tenir ses cheveux en mes doigts, comme une onde,
Pour adorer ses seins du culte de mes lèvres,
Pour éprouver en moi les délires, les fièvres
Dont tu fais palpiter l'air, le sang et la sève,
Pour descendre aux douceurs de l'indicible rêve
Où, sous les voluptés, vastes libératrices,
Notre esprit se disperse en d'étranges délices
Qui touchent à la mort et aux sources des choses,
Pour savoir, ô Vénus, jusqu'où tombent tes roses,

Je jetai mes vaisseaux, mes récoltes, mes mines ;
Et je t'offrais, heureux, ces minutes divines,
Comme le plus haut don et l'hommage suprême !
Et l'honneur qu'on te rend à travers ce qu'on aime
Te revient doublement, car il est ton office,
O déesse à qui plaît que ton nom nous unisse !
Ton culte sort vers toi de ta propre puissance,
Et la flamme amoureuse et claire qui t'encense
Est celle dont tu veux que le cœur humain brûle ;
Le trésor dont on vêt le beau corps qu'on adule,
Gratitude et prière, à tes pieds se déploie !

Après les grands élus qui connurent ta joie,
Les Dieux que ton amour a faits plus Dieux encore,
Et les mortels qu'il fit si Dieux qu'on les adore,
Celui qui posséda ta plus belle prêtresse
S'est approché de toi le plus près, ô déesse,
Autant qu'il est permis à la nature humaine !
Et l'humble implorateur dont la honte incertaine
Ose à peine t'offrir un indigent hommage
S'éleva plus qu'aucun mortel d'aucun autre âge
Vers ta divinité, ta splendeur et ta force.

C'est pourquoi, déposant, sur ce morceau d'écorce,

Ces deux fruits mûrs qui sont tout ce que je possède,
J'ose encore implorer ta faveur et ton aide !
Pour t'avoir tout donné, je t'offre peu de chose ;
Puisque mon dénûment a ton culte pour cause,
Prends le comme une preuve et comme un témoignage
Du respect dont je sus honorer ton image ;
Et, me récompensant de ce peu qui me reste,
Où plus qu'en un trésor ma piété s'atteste,
Oblige par un ordre, ou convaincs par des rêves,
Laïs ; afin qu'un jour — fût-ce au temps des nuits brèves —
Elle me donne encor, cessant d'être cruelle,
La gloire et le transport de t'adorer en elle,

IV

PRIÈRE A MINERVE.

O déesse aux yeux froids, au corps chaste, au cœur sage,
L'impudique Corinthe ignore ton image,
Mais tu sais protéger la diligente Athènes !
Tu gardes des périls, des erreurs et des peines,
La Cité qui t'a mise au sommet de ses murs,
O vierge au bras puissant dont les gestes sont purs !

Ton autel ne veut pas la rose, mais l'olive ;
Et ton oiseau n'est pas la colombe lascive,
Qui voltige d'une aile ardente et passagère,
Mais la chouette grave au plumage sévère,
Qui, lorsque le soleil commence à se pencher,
Médite obstinément au bord de son rocher !

Tu méprises l'Amour, son innombrable orage,
Ses rencontres de joie et d'angoisse, l'outrage
Qu'il fait à la raison de celui qui l'accueille,
Car, sous ses doigts pervers, la prudence s'effeuille,
Et nos meilleurs desseins sont tombés un par un,
Quand vient le jour propice et l'instant opportun.

Il n'a jamais touché ni troublé ta pensée,
Ta poitrine impassible et d'airain cuirassée
N'appréhenda jamais l'approche de sa flèche ;
Son flambeau, pour tes yeux, n'est rien qu'une flammèche
Dont on s'amuse à voir le vol inoffensif,
Car la sagesse habite en ton beau front pensif !

A tes pieds celui-là doit venir, ô Déesse,
Qui, meurtri par l'Amour et fuyant sa détresse,
Préfère enfin, lassé de chutes et d'embûches,
Au sort du papillon l'ordonnance des ruches,
Et, haïssant des jours infirmes et séduits,
Veut rétablir la règle en son cœur reconquis !

Je suis tel, ô Minerve, et j'invoque ton aide ;
A travers mes aveux que ma prière accède

Jusqu'à ton âme forte et sévère à nos fautes !
Nous sommes tous, hélas ! de faibles argonautes
Sur des flots agités où pullule l'écueil ;
C'est valoir déjà mieux qu'implorer ton accueil !

J'appartins à Laïs, la plus belle complice
Que Vénus, dont tu sais la ruse et l'artifice,
Eut jamais pour semer ici-bas son délire,
Et dans la race humaine assurer cet empire
Que, des astres lointains aux nids des buissons verts,
Elle dit qu'elle étend sur l'immense univers !

Je n'ai point fui le piège, et j'ai chéri ma chute ;
Mon cœur, comme un serpent pénétré par la flûte,
S'enroula mollement au bras de la charmeuse,
Et l'étrange musique, alanguie ou fougueuse,
Contre le sein d'ivoire, autour de ce bras nu,
Frissonnant et soumis m'a longtemps retenu.

O Déesse, tu sais, toi qui sais toutes choses,
Mère de l'olivier, l'inconstance des roses.
Ces volages douceurs vers d'autres détournées,
Une procession d'heures découronnées

Tristement emmena sur la route du Temps
Ma vie en pleurs, baisant des haillons éclatants.

Mais j'ai passé devant ton temple, ô vierge forte ;
Ton image qui luit sous l'armure m'exhorte
A de nouveaux desseins et plus dignes d'un homme ;
Qu'en moi l'efféminé berger avec sa pomme
Périsse, ou que plutôt, en abjurant son choix,
Il vienne, repenti, se soumettre à tes lois !

Très chaste, enseigne moi, si ton front me protège,
Le mépris de Vénus et de son sortilège,
De ses plaisirs, de son culte, de ses prêtresses
Qui lui font de leurs corps des harpes de caresses
Où son hymne se chante aux rythmes de la chair :
Touche moi de ta lance à la pointe de fer !

Au lieu de les répandre en nard ou cinnamome,
Si j'avais à tes pieds, ô déesse économe,
Protectrice des gains, des fructueux commerces,
Qui mènes les travaux à leurs moissons diverses,
Si j'avais répandu mes trésors dispersés,
Quels dons, sur ton autel, tu verrais amassés !

Je suis pauvre, Athéné, ne crois pas que je t'offre
Un tissu parfumé par le cèdre du coffre,
Et richement brodé de figures votives ;
Je n'ai que ce rameau garni de ses olives ;
C'est ton arbre sacré, c'est le plus précieux
Des dons que notre race ait obtenus des cieux !

Le sol devient fertile où posa ton égide !
Ils prospèrent bientôt ceux que ton verbe guide !
Avant six mois, j'aurai, pour faire un sacrifice
Et pour t'honorer mieux, une blanche génisse
Qui n'ait pour les taureaux montré que du dédain,
Et dont j'aurai doré les cornes de ma main !

V

PRIÈRE A BACCHUS.

Sache d'abord, Bacchus, comment je viens vers toi!
Vénus au large cœur, Minerve au cœur étroit,
L'une et l'autre ont montré mépris pour mon offrande!
Sans doute, celle-ci, Bacchus, n'était pas grande,
Je leur donnais pourtant tous les biens que j'avais.
Et c'est pourquoi, Bacchus, ne trouve pas mauvais
Si je te tends des mains qu'elles ont faites vides.
Je te sais généreux, non de ces Dieux avides
Qui vendent leurs bienfaits aux riches; non pas tel
Que ces Dieux qui se font un comptoir de l'autel,

Réservent leurs faveurs à ceux qui leur paient dîme,
Et mesurent leur aide au poids de la victime.
Bacchus est pitoyable et doux aux pauvres gens,
Pour leur misère il a des regards indulgents,
Il fait accueil à ceux que d'autres Dieux rudoient,
Il accepte leurs dons quelque chétifs qu'ils soient,
Et, quand ils n'en ont point, il leur laisse crédit,
Sachant que le bonheur quelquefois reverdit
Après les rameaux nus, après la feuille sèche !
Si Minerve et Vénus, celle-là froide et rêche,
Celle-ci négligente et prise à d'autres soins,
N'ont point voulu savoir mes vœux et mes besoins,
A moi, pour qui le sort, Bacchus, eut la main rude,
A moi qui porte un cœur fait pour la gratitude,
Je sais qu'auprès de toi je trouverai secours.
Prête une double oreille à mes mots sans détours,
Toi, dont le front heureux de pampre s'enguirlande,
Toi, dont le thyrse vert aux panthères commande !

Ce que je demandais à des autels ingrats
Sur lesquels j'avais mis mes présents, n'était pas
De ces vœux pour lesquels il faut qu'un Dieu fatigue
Sa puissance, ou l'engage aux détours d'une intrigue ;

Et je fus innocent d'oser trop présumer.
De Vénus, j'attendais qu'elle me fît aimer,
Et de Minerve, après, qu'elle me rendît sage.
Il est vrai — mais cela leur était un hommage —
Que je voulais jouir ou je voulais guérir
De l'amour de Laïs. Elles pouvaient choisir !
Elles m'ont refusé l'une et l'autre prière,
Et doublement déçu, Bacchus, je persévère
A vouloir de Laïs qui ne veut pas de moi.
Si longtemps malheureux, je me tourne vers toi,
Car tu sais consoler ceux que rien ne console ;
Si ton pampre orne un front, le chagrin s'en envole,
Tu donnes de l'oubli, tu verses de l'espoir.
Laisse moi demander, de ton divin pouvoir
Qui transforme les faits et leurre les durées,
Des instants soulagés, des heures enivrées
Où j'oublîrai Laïs, où Laïs m'aimera.
Ainsi ton seul secours, Bacchus, m'accordera
Ce pour quoi j'implorai l'une et l'autre déesse :
Des jours d'amour mêlés à des jours de sagesse.
Tu te seras montré plus efficace et bon
Que Minerve et Vénus dont l'antique renom
Me semble exagéré parmi la race humaine.
Crois que ma gratitude est sincère et certaine ;

Je te proclamerai le plus puissant des Dieux,
Et de plus je promets, pour ceindre tes cheveux,
Quand de ton bois sacré je devrais les soustraire,
De t'apporter bientôt quelques rameaux de lierre.

VI

REPROCHES A BACCHUS.

Je crois qu'en estimant le monde j'avais tort :
Les hommes valent peu, les femmes moins encor,
Leurs enfants encor moins ; et ceux qui les gouvernent,
Devant qui ces mortels si piteux se prosternent
Pour obtenir conseils, exemples ou bienfaits,
Les Dieux dont la promesse est avare d'effets
Ne valent pas mieux qu'eux ! La majesté des temples
Voile mal l'impudeur de leurs propres exemples,
Et leurs prêtres, nourris pour leur complicité,
Ont dans notre ignorance un trésor exploité

Par l'appareil pompeux et déroulé des rites.
Les supplications, inutiles poursuites,
N'atteignent point les Dieux dans leur palais serein ;
Le seuil qu'à leur Olympe ils ont mis est d'airain ;
Ils y laissent monter l'odeur du sacrifice ;
De leur indifférence ou de leur avarice
Nul n'a jamais reçu de bienfait en retour ;
Leur amour-propre écoute, et leur amour est sourd :
Prompts de l'oreille alors qu'il est question de prendre,
Sitôt qu'il faut donner, ils ont cessé d'entendre.

Je l'éprouvai moi-même ! A trois divinités,
Confiant aux présents que j'avais apportés,
Je présentai mes vœux et soumis ma prière ;
Je n'ai rien obtenu qu'un surcroît de misère !
Deux d'entre elles étaient déesses, l'autre dieu ;
Deux ne m'ont rien donné, l'autre trop quoique peu ;
Je ne suppliai pas Hécate, ni Diane,
Ayant toujours été, je l'avoue, un profane
Des parturitions et des virginités.
Les modestes bienfaits par moi sollicités
Etaient entre les mains de Vénus et Minerve ;
Elles furent pour moi d'une étrange réserve !

Vénus pense aux amants qu'elle eut ou qu'elle aura,
Minerve à récolter des tissus d'apparat,
Toutes deux à chercher que partout on leur dresse
Des images de marbre où mente leur promesse,
Et que tous les sculpteurs toujours soient occupés
A leur faire un beau corps ou des plis bien drapés ;
Et chacune attentive à son succès oublie
L'infortuné mortel qui pleure et les supplie !
Le sexe féminin est féminin au ciel,
Et ce n'est que mensonge enduit d'un peu de miel !

Bacchus m'accueillit mieux ; son abord est affable,
Cordial, jovial, gai, gaillard, serviable ;
Il sourit, il vous tend les mains, il vous reçoit
Comme le fils d'un hôte. Il faut dire que, moi,
Je lui faisais présent d'une branche de lierre
Comme il n'en eut jamais pour parer sa crinière,
Choisie avec un œil d'artiste, où s'appliquait
A chaque extrémité, comme un double bouquet,
Une grappe de grains noirs et mûrs : deux merveilles
Qui, pendant juste à point par devant ses oreilles,
Encadraient son visage avec un goût parfait ;
C'était beau, distingué, charmant et sans apprêt,

Son front n'aura jamais de semblable guirlande.
Il m'accorda, du coup, l'objet de ma demande.
Je m'en allai joyeux, et, pendant quelque temps,
Comme il l'avait promis, je goûtai des instants
Qui semblaient des bouquets sur le fond de ma vie.
Je les faisais fleurir quand j'en avais envie,
Roses, rouges, lilas, jaunes, verts, diaprés,
J'avais de vrais jardins et toujours préparés.
A travers leurs attraits j'accrus mes promenades;
Et je crois que mes jours se faisaient plus maussades
Pour mieux m'encourager à me consoler d'eux.

Plus tard, il me parut que ces moments heureux
Rayonnaient de clartés plus vites terminées,
Et que, dans mes bouquets, des fleurs étaient fanées.
Puis vinrent, plus fréquents, sans que je sache d'où,
Des temps d'anxiété, d'ombrage et de dégoût!
Les bienfaits de Bacchus se vidaient de leur force,
Ou plutôt ils semblaient n'être plus que l'amorce
De modes consternés et dolents, des appâts
Qui, malgré moi, tiraient et dirigeaient mes pas
Vers de louches endroits d'opprobre et de dommage.
Comme si ce Dieu jeune, au clair et bon visage,

N'était qu'un dieu méchant et plus à redouter
Que les maux réunis qu'il promet d'écarter !

Depuis un peu de temps surtout, je m'abandonne
A je ne sais quel noir sentiment, je soupçonne
Je ne sais quel méfait, je ne sais quel poison,
Dans ce jus séducteur. Je sens que ma raison
Est rebelle, incertaine et rétive à mon ordre,
Elle a pris comme un tour gauchi, qu'il faut détordre
Quand je la veux remettre à son fil droit et franc,
Et l'effort qu'elle exige est chaque fois plus grand.
Mes mots sont plus tardifs à s'ajuster l'idée,
Mon âme indécise est comme dépossédée
Du levier du vouloir, ou ne sait l'appliquer ;
Quelque chose est en moi, prêt à se détraquer.
Pour chasser ces humeurs et leurs pâles scrupules,
Je fais rire la coupe en son collier de bulles ;
Mais je n'y goûte plus le secours d'autrefois.
Bacchus n'est plus le même envers moi ; plus je bois,
Plus ses dons invertis s'imprègnent d'amertume :
Son vin prend chaque jour plus de lie et d'écume,
Sa première clarté se trouble et s'épaissit,
L'éclat dont il ornait le monde s'obscurcit ;

Je n'y trouve plus rien qui ne se décolore.

Et j'ai des jours qui sont plus alarmants encore,
Hantés d'un redoutable et morne cauchemar :
Je crois que le soleil répand un jour blafard
Et louche, et qui devient bientôt un crépuscule
Plein d'épouvantements ténébreux, où circule
Un farouche flambeau de fumée et de sang.
Poussé sous une main formidable on descend,
Par de vils escaliers, à d'écrasantes voûtes
Dont la lueur n'est plus que des ombres dissoutes,
Où le silence a l'air du trépas d'un sanglot.
Sur ces murs, tout gluants, d'égout et de cachot,
Des traits phosphorescents, pareils à des chenilles,
Rampent ; on a rivé des poids à nos chevilles !
Nous tâtonnons pour fuir, en vain, autour de nous !
Nos mains ne peuvent pas retrouver les verrous
Qui closent, pour toujours, le caveau de l'ivresse !
Notre dernier effort dans la stupeur s'affaisse !
Nos yeux même ont perdu le pouvoir de pleurer !
Ah ! Jusqu'à ces horreurs Bacchus peut-il leurrer
Le mortel confiant qui lui porte sa peine ?
Et ce jeune Éternel à la face sereine,

Plus que Neptune avec ses naufrages, que Mars
Avec ses javelots, ses piques et ses chars,
Est-il l'atroce dieu de la désespérance,
De la destruction et de la malfaisance ?

Hélas ! Que je suis loin des nuits avec Laïs !
Ma vie est un désert qui perd ses oasis !

VII

L'ÉLOGE DE DIOGÈNE.

Décidément, la terre est un vilain séjour !
Indigne qu'un brave homme y demeure ! L'amour
Ne reste pas après le départ des richesses ;
Lui parti, qu'est la vie ? Une urne de détresses
Qu'il convient de garnir d'un tour de rameaux morts !
Le chagrin envahit la fin de tous les sorts !
Que le métier d'humain est un vaste déboire !
Les beaux Jeux, où l'on a le trépas pour victoire !
Luttez, courez, jetez vos poids, lancez vos traits,
Tous sont sûrs d'obtenir le rameau de cyprès ;
Au bout de la carrière, un héraut un peu blême,
Fort osseux, leur en place au front un diadème
Qui leur donne aussitôt besoin de se coucher ;
On les porte à l'éclat triomphal d'un bûcher ;

Chacun, sans prononcer de discours quand il brûle,
Prend le chemin du ciel, comme un petit Hercule !
C'est magnifique et simple ! Et pour cela les Dieux
Obtiennent des mortels temples, prières, vœux,
Fruits, farine, huile, vin et cuisses de victimes !
Pour les renouveler ils jettent aux abîmes
Les donateurs usés qui pourraient se lasser,
Et d'autres sont créés prêts à recommencer
En élans rajeunis de tributs et d'offrandes !
Et tombez, les trésors, dans le sac des légendes !
J'ai prié, j'ai payé, comme d'autres, les Dieux !
Je ne regrette point de n'avoir pas fait mieux !
Qui fait tout ce qu'il peut fait tout ce qu'il doit faire !
Ma façon de donner pouvait suffire à plaire,
Si les Dieux avaient eu le cœur plus délicat !
Je suis pour la réserve et non point pour l'éclat !
J'ai vu clair à la fin ! j'ai pénétré leur ruse !
Je suis sorti de ceux que leur Olympe abuse !

J'ajoute qu'il s'en faut que je sois plus heureux,
Car je n'en vis pas moins dans ce monde bourbeux,
Et j'ai tiré l'échelle à l'azur appuyée !
Je sais du moins pourquoi ma vie est ennuyée,

Fade, mélancolique, amère, sans objet,
Impuissante à croiser les deux fils d'un projet
Afin de faire un nœud à serrer sur un acte,
Vide de discipline, indolente, inexacte,
Fainéante en sa place en voulant être ailleurs,
Lasse, inquiète au bord de mares de torpeurs,
Ne sachant même plus ce que peut être une œuvre,
Tronc mort où la paresse a logé sa couleuvre,
Manche faussé d'outil dont le fer a sauté,
Débris sans énergie, espoir ni volonté
Où l'âme s'aveulit, se dégrade et s'empêtre !
Je sais que cette vie est ce qu'elle doit être,
Et que c'est bien là tout ce qui reste en nos mains
Après qu'on la vida des prestiges divins,
Comme on fait sortir l'eau quand on presse une éponge !
Crever dans le réel ou vivre de mensonge !
L'un des deux ! Mais voilà ! Le mensonge est le sel
Qui garde de pourrir et périr le réel !

Ah ! de tous les penseurs, de tous les philosophes,
Les uns tout en énigme, et d'autres tout en strophes,
Ceux qui font des filets à prendre l'infini,
Si grands que l'Univers n'y a l'air que d'un nid,

Et ceux dont le labeur enchevêtré comprime
Les Mondes et les Temps au creux d'une maxime,
Parmi tous les chercheurs d'ultime vérité,
Je n'en connais qu'un seul par qui soit mérité
L'honneur d'être appelé penseur, prophète et sage,
Et qui donne l'exemple et dise le message,
Un seul dont le regard perçant et redouté
Ait vu la duperie et l'imbécillité
De ces quelques moments que l'homme appelle vivre,
Le seul que je voudrais prendre pour maître et suivre.
O Diogène ! lui que l'on croit outrager
En lui jetant un nom qu'il devrait s'arroger
Comme le plus durable et haut titre de gloire,
S'il n'avait plus encor le mépris de l'histoire
Que des sots actuels qui pensent qu'ils la font !
Mais il n'éprouve plus la fierté ni l'affront !
Dans son indifférence arrogante et superbe
Il vit hors des émois et par delà le verbe,
Qui n'est que la baratte où notre vanité
Bat notre ignominie et notre insanité !
Oui ! lui seul il a mis sa doctrine en exemple !
A l'homme il a montré son véritable temple,
Et qu'un tonneau d'argile est assez bon pour lui,
Quand à sa propre taille il est enfin réduit !

On ne le compte point parmi ces philosophes
Qui dénoncent l'argent sous de riches étoffes,
Blament la volupté près d'un corps féminin,
S'assemblent en banquet pour réprouver le vin,
Et repoussent les biens, dans les beaux gestes vagues
D'une main épilée aux doigts chargés de bagues !
Imposteurs dont la bouche est inverse du cœur !
Lui ! de son dénûment prend toute la hauteur !
Son manteau, son bâton, son tesson d'écuelle,
Soit que l'été le brûle ou que l'hiver le gèle,
Les marches d'un portique ou l'abri d'un tonneau,
Un bout de corde aux reins autour d'un vieux lambeau
De laine, un pain de seigle au bord d'une citerne,
Et pour son mobilier entier une lanterne
Avec laquelle il cherche un homme sans trouver,
Voilà ce qu'il lui faut de biens pour vous braver.
Grouillement de fourmis, fantômes inutiles,
Dieux décevants, humains fangeux, vils et serviles,
Et vous aussi, désirs, efforts, espoirs, orgueils,
Chagrins, regrets, terreurs, épouvantes et deuils !

Et toi, piège profond, par lequel la nature
Trouble, travaille et prend les êtres, il t'abjure

Comme un emportement d'hébétés et de fous,
Amour, qu'il répudie à la face de tous !
Il a réduit sa vie au simple acte de vivre !
Salut au penseur sage et viril qui délivre,
Et, de son haut cynisme, ose cracher sur tout
Son mépris, son défi, sa haine et son dégoût !
De la sottise humaine il a fait le périple,
Il est au port ! et moi, me veux-tu pour disciple
Avec ce peu de chairs qui restent sur mes os,
Diogène le chien, philosophe, héros !

VIII

APOTHÉOSE DE LAÏS.

Corinthe en fête, hier, célébrait la journée
Où Laïs, sa splendeur et son idole, est née,
La femme que Vénus fit la plus rapprochée
Du modèle immortel, qu'elle a le plus touchée
De son pouvoir, de son mystère et de sa grâce.
Par elle, la Cité qui voit deux mers efface
La richesse et le nom de rivales antiques.
L'air embaumé de fleurs résonnait de cantiques,
Tous allaient, exaltés, au temple où se déroule
Le culte des bonheurs, — et j'étais dans la foule. —

Pour recevoir et pour récompenser l'hommage,
— Comme si, la cella s'ouvrant, c'était l'image
D'Aphrodite elle-même, un instant animée,
Qui se montrait au peuple en sa gloire acclamée, —

Seule sur le parvis Laïs était venue.
Elle était appuyée au marbre, toute nue,
Et tenait à la main une touffe de roses ;
Et, comme la chaleur les avait trop décloses,
Sur ses pieds blancs étaient tombés quelques pétales,
Et quelques-uns aussi, tout autour, sur les dalles !
C'était comme le sang d'un cœur, versé pour elle.
Son bras gauche levé, révélant son aisselle,
En geste harmonieux d'une grâce parfaite,
Se ployait sur le mur par derrière sa tête,
Et sa main se perdait parmi sa chevelure
Qui sur la paroi blanche encadrait sa figure.
Sa face était assez renversée en arrière
Pour que son beau regard, s'échappant de la terre,
S'enfuît et s'attachât aux voûtes lumineuses.
Ses yeux bleus effaçaient les pierres précieuses
Qui prêtent leur lumière aux visages d'ivoire
Des dieux que Phidias créa pour notre gloire !
En sa vague pensée ou son rêve perdue,
Elle ignorait la tache à ses pieds répandue,
Comme si, dans l'orgueil divin d'être si belle,
C'était à son insu qu'elle est aussi cruelle ;
La Nature a voulu la Beauté redoutable !
Mais surtout la splendeur de son corps admirable

Dominait la clarté du ciel, et les merveilles
Des marbres d'alentour, images sans pareilles
Tant qu'elles n'avaient point Laïs pour leur rivale !
Dans la sérénité charmante et triomphale
De ce grand mouvement de grâce simple et sûre,
Ce noble corps montrait la ligne la plus pure
Qu'un sculpteur ait jamais désespéré d'atteindre ;
Les rêves des plus hauts artistes devraient craindre
De se trouver devant ce suprême modèle.
Ses épaules, ses seins, le trait qui, de l'aisselle
Par la hanche et la cuisse, allait à la cheville,
Son ventre jeune et lisse ainsi qu'une coquille
Au moment où la vague en anime le rose,
Ses beaux bras sans égaux qui vers leur double pose
Appelaient tout le rythme et toute l'harmonie
De ce corps, tout était un travail de génie.
Je contemplais, saisi de surprise et de fièvre,
Ce chef-d'œuvre où jadis j'avais posé ma lèvre,
Plus beau devant mes yeux encor qu'en ma mémoire.
Chose étrange ! ce corps que j'ai vu prendre gloire,
Quand il se débattait sur les flots de ses tresses,
A prêter sa souplesse aux dernières ivresses
Des voluptés, était d'une noblesse chaste !
Être mystérieux en qui rien ne dévaste,

Rien, pas même une vie entière de luxures
Que le Sort et Vénus ont vouée aux souillures,
Le don de sembler pur et, peut-être, de l'être !

Je demeurais surpris de sentir en moi naître
Je ne sais quel respect vainqueur des jalousies,
Des désirs, des regrets. Ces roses cramoisies
Autour de ses pieds blancs sur le marbre effeuillées,
Combien j'en répandis, par pleines corbeillées,
De ces fleurs, de ces fleurs ardentes devant elle,
Fleurs de ma passion dévorante et fidèle !
Dans mon cœur oublieux de son ancien tumulte,
Surgissait maintenant la paix claire d'un culte,
Une soumission d'amour et de pensée,
Tendre et fervente encor mais désintéressée,
Une adoration pour ce suprême exemple
De Beauté, si divin qu'il semblait que le temple
Venait de s'élever pour sa seule présence !
Sa fière nudité, si pleine de décence,
Semblait un signe auguste, un auguste symbole
Qu'au dessus des désirs sa splendeur même isole,
Tellement que l'ardeur de chaque homme s'écroule
Pour former la commune extase de la foule.

Et je n'étais point seul à nourrir ces pensées :
De toutes parts venait, apportant des brassées
De myrtes et de fleurs, toute une multitude,
Chantant à mille voix un chant de gratitude,
Que quelques-uns réglaient aux cordes d'une lyre.
Pris d'un religieux et mystique délire,
Ils passaient et jetaient devant elle leurs branches,
Leurs guirlandes, leurs fleurs, toutes rouges et blanches.
Les couleurs que l'Amour entre toutes préfère !
Ils honoraient ainsi la Beauté nécessaire !
De gestes inégaux sur les degrés semée,
L'offrande s'élevait en masse parfumée
Sans monter tout à fait jusqu'à ses pieds de neige.
Et le chant répétait : « Que Vénus te protège !
» O Laïs ! ô Laïs ! orgueil, charme et parure
» De Corinthe ! ô très bonne ! ô très belle ! ô très pure ! »
Cette foule exprimait ce que sentait mon âme !
Et le soleil, teignant son or de rose flamme,
Enveloppait Laïs de lumière immortelle !

Mais alors j'ai compris combien j'étais loin d'elle,
Et combien je le fus toujours, même à cette heure
Où mes ordres étaient la loi dans sa demeure !

Jamais, devant l'autel de l'idole sublime,
Jamais je ne fus rien de plus que la victime
Qui tombe sous ses fleurs, que l'encens qu'on allume,
Que le vin qu'on répand, que le tison qui fume,
Que le tribut d'un jour ! Et d'autres à ma suite,
Et d'autres avant moi, longue troupe conduite
Vers une même fin par d'invisibles prêtres,
Sont allés, vont, iront offrir leurs biens, leurs êtres,
Pour maintenir le culte aux fêtes éternelles
Dont ils sont à la fois l'offrande et les fidèles !
O Beauté, doux fléau, Beauté dévoratrice,
Nous sommes les débris après le sacrifice,
Qui pourrissent autour de ton temple, et s'entassent,
Tandis qu'à travers nous, pleins d'ignorance, passent
Ceux qui croient triompher et viennent nous rejoindre !
L'huile aux parfums profonds dont vous pensez vous oindre
Pour l'amour, beaux amants, n'est que l'huile qu'épanche
Le Sacrificateur, avant que sa main tranche
La veine d'où fuira le flot de votre vie !
Ainsi que moi, devant l'idole inassouvie
Tombés, vous deviendrez, ainsi que moi, les restes,
Les restes dégoûtants d'hécatombes funestes,
Qu'on balaie à l'écart pour nettoyer les dalles,
Quand les valets, au jet de leurs seaux d'eaux lustrales.

Pour recevoir bientôt un sang frais les préparent !
Allez donc, beaux amants, vous dont les cœurs s'effarent
De désirs, de courroux, d'orgueil et de détresse,
Allez continuer l'offrande de l'Espèce ;
Je vous attends au fond de l'abîme où je traîne !
Mais par vous et par moi, la Forme souveraine
Aura reçu l'honneur, l'hommage et la louange !
Beaux amants, mes futurs compagnons dans la fange,
Vous vous ressouviendrez d'avoir nourri la flamme
Devant l'être divin que tout ce peuple acclame !
Je fus un peu d'encens aux pieds d'une déesse,
L'instant où je brûlai fut mon instant d'ivresse,
L'encens s'est consumé, j'en suis le tas de cendre,
Mon sort est accompli ; les vents peuvent me prendre !

IX

A LA CEINTURE DE LAÏS.

Ceinture de Laïs, toi que j'ai dénouée,
Quand, par un seul regard, sa tendresse avouée
Laissa mes doigts émus s'approcher de sa taille,
Mon cœur, tant déchiré par les tourments, défaille
De douceur sous les durs nœuds de ses cicatrices,
Quand tu lui rends l'émoi de ce soir de délices !
Elle avait une robe en tissu fin, brodée
De roses qui tombaient par milliers, et brodée,
En bas, d'un rang d'Amours qui de leurs mains ouvertes
Semblaient les recevoir : leurs doux membres alertes
Se mouvaient, s'animaient aux frissons de la soie,
Si bien qu'ils paraissaient, ardents et pleins de joie.
Se bousculer entre eux pour recueillir ces roses,
Et chaque pli nouveau faisait changer leurs poses.

Et toi, tu traversais, de l'une à l'autre hanche,
Cette averse de fleurs, écharpe molle et blanche,
De papillons brochée et d'oiseaux, et tramée
D'ors divers qui tressaient leurs dessins, et fermée,
Sur le nœud d'où pendaient deux franges inégales,
Par une broche d'or où tournaient des spirales
De rubis enflammés autour de la mollesse
D'une perle sans prix, pourpre de leur caresse.

Ce corps fait par les dieux, quelle multiple grâce
Savait encor l'orner, tantôt paisible et lasse,
Tantôt subtile et souple, ou très simple, ou hardie,
Ou vêtant noblement sa stature agrandie.
Car elle fut toujours habile aux attitudes,
Savante en mouvements parfaits, et les études
Des peintres les plus grands, quand ils s'inspirent d'elle,
Dépassent les tableaux fameux où leur long zèle
Croyait avoir trouvé les lignes où s'exprime
Toute une passion dans l'accord unanime
Des membres pénétrés par la même pensée.
Son action sans faute est toujours nuancée
De cent détails exquis, à peine manifestes,
Qui portent jusqu'au bout des pieds et jusqu'aux gestes

Les plus menus des mains l'esprit de sa posture.
Et tout ce jeu savant s'accorde à sa parure,
Qui lui sied même alors qu'elle en sort dévêtue !
Quand je la possédais, je ne l'ai jamais vue
Se livrer à mes bras d'une façon pareille,
Et ce don, chaque fois, était une merveille
De nouvelle fraîcheur et de grâce inventée.
Jamais telle beauté ne fut interprétée
Par une si profonde artiste de soi-même,
Et jamais lyre d'or ne chanta tel poëme !

Le jour où je te pris, ô ceinture céleste,
Elle semblait confuse, hésitante et modeste ;
A genoux devant elle et la tête levée,
Je la voyais debout, en mes bras captivée,
Ses deux mains sur mon front, rejeter en arrière
Son corps où je sentais pénétrer ma prière.
Je ne sais quels obscurs effrois, quelles alarmes
La troublaient, et ses yeux mi-clos avaient des larmes.
Peut-être elle voyait mes souffrances futures,
Et son cœur avivait ses prochaines luxures
D'un rebord de pitié qui la rendait plus tendre !
Quel Œdipe pourrait deviner et comprendre

L'énigme de ses sens jouant avec son âme,
Et le secret nouveau de chaque épithalame,
Dont elle est elle-même émue et désireuse,
Et peut-être ignorante, et peut-être anxieuse ?
Mais, après un moment, consentante et soumise,
Elle laissa mes mains, gauches de convoitise,
Dont l'effort maladroit de désirs s'exaspère,
Chercher à desserrer ce nœud dont le mystère
Déjouait mes essais, en la faisant sourire.
Et moi, je commençais, ceinture, à te maudire,
Et d'un coup furieux je t'aurais arrachée,
Quand, de ton bon vouloir, glissante et détachée,
Tu tombas à ses pieds, et sa tunique rose
S'ouvrit ; je crois encor qu'elle me fut déclose
Par ces jeunes Amours qui jouaient autour d'elle !

A peine vis-je alors combien elle était belle :
Vers ma bouche implorante elle pencha ses lèvres,
Et je fus emporté dans les divines fièvres
Dont la splendeur s'irise aux cimes de ma vie.
De trois jours tout entiers ma chair inassouvie
Des terrasses d'amour ne sut point redescendre.
Quand le troisième coq enfin se fit entendre

A mon réveil surpris de retrouver l'aurore,
Gisante auprès du lit, je t'aperçus encore :
Sur tes fils d'or glissante, une clarté première
Révélait leurs dessins, puis, dans plus de lumière,
Naissaient les bleus, les ors des papillons, les ailes,
Que le lustre des points animait d'étincelles,
Les corsages d'oiseaux, nuance par nuance,
Et tu repris enfin ton entière luisance,
Vivante et diaprée ainsi qu'une volière !

De mes doigts amoureux tu devins familière,
Tandis qu'ils devenaient envers toi plus habiles.
Laïs toujours savante en recherches subtiles
Dont le charme léger à notre œil se dérobe,
Laïs aimait unir aux teintes de sa robe,
En accords raffinés où son goût s'ingénie,
Des écharpes d'un ton de plus fine harmonie ;
Mais j'obtenais souvent qu'elle te mît encore,
Car ta grâce animée et brillante colore
Le plus cher souvenir de ce qui fut ma vie.
Et comme, un jour, j'osais avouer mon envie
De garder ce trésor qui passe des fortunes,
Elle dit en riant : « Prends la, tu m'importunes

» Depuis de trop longs soirs avec cette ceinture ;
» Tu ne montres qu'un goût paresseux en parure,
» Il n'y faut pas moins d'art qu'au toucher de la lyre,
» Il y tient tout autant du charme de séduire
» Et du don de créer ; le rhapsode répète,
» Mais le poëte invente, et Laïs est poëte »

Ainsi son ironie exauça ma supplique,
Et je te possédai, C'était un don unique :
Elle ne souffre pas que l'écharpe touchée
Par la main d'un amant soit jamais détachée
Par un autre ; l'heureux bandeau dont elle est ceinte
Et qui doit la livrer à la nouvelle étreinte
Veut être chaque fois d'étoffe immaculée.
Ainsi qu'on va chercher des fleurs dans la vallée,
On puise, dans le coffre, à la floraison rare
De tissus fabriqués chez un peuple barbare
Derrière l'Orient et ses portes dorées :
L'éclat le plus fuyant des coquilles nacrées
N'a rien que n'atteint pas le travail de leur soie.
Chaque matin l'esclave indienne en déploie,
Et sur des bâtonnets d'ivoire les aligne,
Et Laïs, variant ses humeurs, les désigne,

Car un jour de Laïs veut plus d'une ceinture ;
Aucune royauté n'est une sinécure.
Puis, tous vont décorer l'autel où la Déesse
Foule sous ses pieds nus les dons de sa prêtresse,
Dignes de recouvrir ses épaules de neige,
Si vêtir sa beauté n'était un sacrilège,

Et nul de ses amants, par dons ou par prière,
N'a jamais obtenu l'écharpe passagère
Qui ne ceint son doux corps qu'au moment qu'il se donne.
Ni satrapes, ni rois, ni poëtes, personne
N'en possède une seule, excepté moi ! Minable,
Vagabond, loqueteux, méprisé, lamentable,
Moi qui jalouse au chien la paille de sa niche,
D'un trésor sans pareil et sans prix je suis riche !
Des femmes m'ont offert leurs délices, leurs charmes,
Des marchands leurs tas d'or, et des guerriers leurs
[armes,
Pour t'avoir ! Dans ma vie abjecte et dégradée,
Sur mes cruels chemins, je t'ai toujours gardée ;
J'ai supporté la faim, la soif, le froid, les peines,
J'ai grelotté, transi sous les âpres haleines
Des carrefours fouettés par la grêle et la bise,
Je t'avais sur ma peau, sous ma pauvre chemise,

Craignant que, trop nombreux, ses trous ne révélassent
Mon trésor aux bandits. Les longues faims qui tracent
Les côtes sur le ventre et les dents sur la joue,
M'ont fait chercher le pain ramassé dans la boue,
Mais, presque inanimé, je ne t'ai point vendue,
Et de mes seuls poings nus, je t'aurais défendue
Contre le mur d'airain d'un bataillon d'hoplites.
Oui! Les besoins brutaux, dans leurs âpres poursuites,
Pourront me pourchasser comme un renard qu'on force,
Et les besoins sournois m'attendre avec l'amorce
Pour tenter ma constance et ma force épuisée,
De leur main ravissante ou de leur main rusée
Ils ne t'auront jamais, mon seul bien, ma richesse,
Relique de ma joie, orgueil de ma jeunesse,
Immarcescible honneur, splendide et pur trophée
Que remit en mes mains sa robe dégrafée,
Le soir d'or où Laïs fut à mes vœux clémente,
Laïs incomparable, inoubliable amante!

X

LAÏS ET DIOGÈNE.

O profanation, chaos, écroulement !
En moi, sous moi, sur moi, tout fond, tout fuit, tout ment !
Je ne sais pas si c'est ma tête qui succombe,
Ou bien si c'est mon cœur qui défaille et qui tombe
Hors de moi ! Quelque chose en mon sein craque et meurt !
Je suis brisé, semblable au malheureux qu'un heurt
De lourd timon de char frappe en pleine poitrine,
Que le pas du pesant attelage piétine,
Qui, les membres rompus et ses esprits épars,
Se relève et chancelle à travers des brouillards !
Et l'éblouissement en qui je me retrouve
Me cache tout, sinon la douleur que j'éprouve

De ce choc dont jamais je ne serai remis !
A peine si ma langue, en mots mal affermis,
De ma pensée aux sons peut porter ce blasphème :
Laïs de Diogène est aimée ! Elle l'aime !
Sous ce toit par l'amour et la grâce ennobli,
Dans cette chambre illustre et royale, en ce lit
Dans lequel avoir pu passer est une gloire,
Oui ! dans ce lit fameux, autour duquel l'ivoire
Dans l'érable incrusté met des lignes d'ibis,
Diogène a dormi dans les bras de Laïs,
Et Laïs a dormi dans ceux de Diogène !

Exécrable penser ! Comment celle qui traîne
Après elle la fleur, la force et la vigueur
De la Grèce, pour qui le monde est en ardeur,
Et qui pourrait choisir, dans la race mortelle,
Ce que les Dieux ont fait de moins indigne d'elle,
Comment a-t-elle pu se laisser approcher
D'un homme qui mettrait en nausée un porcher ?
Car il est vieux, laid, tors, et c'est un être immonde ;
Il exhale une odeur fétide et furibonde
Qui remonte les vents du Nord les plus puissants ;
Plein de crachats pendus dans ses poils jaunissants,

Il ne s'est point lavé de six olympiades ;
Tous ses membres velus pullulent de peuplades
De vermine, son crâne est l'Hymette des poux ;
Son haleine est puante à faire enfuir les loups,
Et son aisselle sent à dépiter les singes !
Quatre esclaves, munis de strigilles, de linges,
Travaillant jour et nuit, mais relayés souvent,
Et menacés du fouet s'ils restent sous le vent,
En auraient pour six mois à nettoyer cet être,
A moins que sa squaleur si profond ne pénêtre
Qu'il faille l'écorcher pour qu'il soit récuré.
Au sortir des fumiers auxquels il s'est vautré,
Il a... Par quel poison obscur l'a-t-il séduite ?
  Son esprit est le vrai tenancier d'un tel gîte :
Blasphèmes crapuleux, cris orduriers, jurons,
Injures et propos pris dans tous les limons,
Voilà ce que fournit son âme stercoraire !
Est-ce donc, ô Laïs, par eux qu'il a su plaire
A l'idole pour qui poètes, orateurs
Répandent à l'envi, des urnes de leurs cœurs,
Le miel le plus exquis de la parole humaine ?
Et les gestes grossiers et répugnants qu'il traîne
Dans sa démarche abjecte ! Et ses viles façons !
On n'imagine pas, sans rougeur, sans frissons

D'horreur et de fureur, l'approche bestiale
De cette brute ignoble, irrévérente et sale
Vers ce corps délicat, d'ivoire le plus fin,
Très pur, très clair, très beau, très tendre, très divin !
Elle, sans reculer, comment peut-elle attendre
Ces mains aux ongles noirs qu'il étend pour la prendre ?
Spectacle abominable ! Il l'étreint dans ses bras !
Le soleil n'a point vu de pires attentats !
Ah ! Laïs ! et demain il faudra qu'une esclave
Jette tes voiles fins à la flamme, et te lave,
Et parfume ta chair, et peigne tes cheveux,
Pour qu'il ne reste point de vestige odieux
Du surprenant amant à qui tu t'es donnée !
Quel flot pourra laver ta beauté profanée ?
Quel feu purifiera l'outrage de ta chair ?
Ni les feux de Vulcain, ni les flots de la mer !

Et lui, fourbe, imposteur, menteur plus que tout autre,
L'ennemi de l'amour et des femmes, l'apôtre
Du grand désistement et du dégoût total,
Sous son manteau de sage, il cachait l'animal
De luxure, le bouc lubrique et plein de fièvre
Auquel il t'a donnée, ô ma Laïs, pour chèvre !

Et sa philosophie où je m'étais tourné
Sur ses débris me laisse éteint et consterné ;
Pour système dernier, je ne vois qu'un mensonge,
Et sur l'ardoise entière il faut passer l'éponge :
Il reste un peu d'eau sale où coule le mot rien.
Ah ! Tu m'as bien trompé, Diogène le chien !
J'oubliais que le chien, s'il grogne et mord, il flatte,
Il lèche, il sait ramper et prier de la patte,
Pour avoir le morceau de viande au lieu des os !
Ainsi toi ! ta rigueur est pour tromper les sots,
Et, par ce côté-là, tu portes bien encore
Ce nom vil dont tu veux qu'un seul côté t'honore.

Les daims peuvent courir et planer dans les airs,
Les poissons, loin des flots, nicher dans les pins verts,
Le feu brûler en bas, et, rebroussant leur course,
Les eaux, à contre-mont, s'écouler vers leur source,
Les tigres avoir peur ou pitié des brebis,
Et les chênes grandir par soubresauts subits,
Et les rochers flotter et voguer sur les ondes,
Et tout s'intervertir parmi les lois des mondes,
Je suis prêt à tout voir, sans émoi ! Car j'ai vu
Ce que l'esprit humain n'aurait jamais conçu,

Ni dans les tourbillons d'ivresse ou de folie,
Ni dans l'incohérence où le rêve déplie,
Faussement rapprochés par dessus de grands creux,
Des objets qu'il combine en rapports monstrueux,
J'ai vu — miracle horrible et que l'œil abomine —
Un corps squameux de crasse et piqué de vermine,
L'opprobre et le rebut de notre race, aimé
Par le corps le plus pur dont fut jamais charmé
Le besoin d'admirer qui soulève la terre !
O monstruosité ! catastrophe ! mystère !
Qu'est donc l'accouplement de la flamme et de l'eau ?
Ou l'amour du faucon avec le tourtereau ?
Oui, tout peut, sous mes yeux, craquer et se dissoudre,
Et la toile du ciel d'un seul trait se découdre
D'un pôle à l'autre pôle, et pendre par lambeaux,
Tous les monts à leur cime allumer des flambeaux,
Et des signaux ardents dans les airs leur répondre,
Tout peut s'entrechoquer, se briser, se confondre,
Décombres mélangés de la terre et du ciel,
Tout s'abîmer en un chaos universel,
C'est peu de chose auprès du chaos en moi-même !
Je suis comme le lieu d'un effarant problème
Dont tous les éléments se bousculent entre eux,
Et dont mon trouble et mon angoisse sont les jeux !

Le possible à travers l'absurde passe et claque,
Le dément s'accomplit, le réel se détraque,
Comme dans le cerveau disjoint et creux d'un fou !

Et puis que devenir ? Je suis au fond de tout !

XI

PRIÈRE A PLUTON.

Pluton, dieu des pays où l'on ne voit pas clair,
Dieu des pays sans voix, peuplés d'êtres sans chair,
Qui gouvernes, au fond de ton royaume creux,
Sous ton sceptre d'ébène un monde ténébreux,
Je pense à m'en aller vers ton calme séjour !
Je suis désabusé de tous les Dieux du Jour,
Et des humains, surtout de celui que je suis !
Je t'apporte, Pluton, cette branche de buis,
Car je fus ruiné par tes frères du ciel !
Mais tu n'es point surpris de voir sur ton autel
Des dons un peu chétifs, étant le dernier Dieu
Vers qui vont les mortels porter leur dernier vœu !
Ils t'implorent, toujours alors qu'ils n'ont plus rien,
C'est ce qui reste d'eux qui cherche ton soutien !

Je n'ai que ce manteau troué pour tout avoir ;
N'attends ni poulet noir, ni porc noir, ni bœuf noir,
Ni vin ; depuis un mois je n'en ai pas goûté,
Et peut-être ma soif vaincrait ma piété,
Si je tenais en mains la coupe où il est pur !

On raconte, Pluton, qu'en ton empire obscur,
Par delà le marais funeste au souvenir,
Où même les roseaux ne savent plus frémir,
Il n'est plus ni soupirs, ni larmes, ni sanglots !
Dans des champs sans zéphyre, engourdis de pavots
Au cœur noir, au calice empourpré sombrement,
En un silencieux, lent acheminement,
On voit errer, dit-on, à pas irrésolus,
Des êtres sans mémoire et qui ne souffrent plus.
Aucune expression ne vient changer leurs traits :
Ils s'appuient quelquefois contre un tronc de cyprès
Qui ne jette point d'ombre et qui n'a point d'oiseaux;
Ils passent à travers des bosquets de bouleaux
Dont ne tremblent jamais les rameaux délicats,
En groupes rapprochés qui ne se parlent pas.
Et le temps n'est plus rien pour eux, ni le soleil ;
Ils vivent, sans avoir ni sommeil, ni réveil,

Dans la tranquillité d'un crépuscule doux,
Une vie où le sang ne bat plus à leurs pouls.

Ils avaient des tourments, des regrets, des douleurs,
Les blessures des chairs, les tortures des cœurs,
Ils étaient tristes, las, désenchantés, amers,
Le front rouge ou pâli d'actes vils ou pervers,
Dans des débris d'honneur ils traînaient des remords.
Ou traînaient leurs défis dans des débris de corps.
Epuisés de labeurs ou meurtris de combats,
Maudissant leurs erreurs ou les destins ingrats,
Tous blessés, amoindris, delabrés, ruineux,
Tous souillés, dégradés, honnis, flétris, haineux,
Tous honteux, tous détruits, tous déchus, tous déçus
Ils sont vers toi venus. Et tu les as reçus,
Et tu les as calmés, et tu les as guéris,
Et tu as apaisé leurs plaintes et leurs cris,
De tous leurs châtiments tu les as graciés,
Et tu les as aussi, Pluton, purifiés !
Pluton libérateur ! Et moi je viens comme eux,
Un des plus maltraités, un des plus malheureux !
J'apporte un corps usé des désarrois du cœur,
Un esprit presque éteint dont la seule lueur

Est de savoir encor tout ce qu'il a perdu,
Un être par sa faute assez bas descendu
Pour qu'avant d'arriver aux degrés scélérats
Il n'ait plus que l'effroi de descendre plus bas !
J'ai lentement limé le ressort du vouloir,
Mon unique moyen d'approcher d'un devoir
Est de me retrancher le pouvoir de faillir.

Je garde juste assez — pour ne pas consentir
A devenir celui que je serais bientôt —
Juste assez de celui que je fus : il prévaut
Dans le rebut abject que je suis aujourd'hui,
Pour m'empêcher de choir plus au-dessous de lui,
Demain, après-demain, un peu plus chaque jour.
Car tout instant nouveau rend mon passé plus lourd,
Il me ploie, il me courbe un peu plus bas, plus près
Du point où la Misère atroce tient tout prêts
Le crime et l'attentat pour les mettre en nos mains,
Et vers le porche obscur ou sur les grands chemins
Nous pousser éperdus, d'un geste menaçant.
Mais il me reste encore assez de votre sang,
O purs et durs aïeux, dans ces os et ces chairs,
Pour que je me dérobe à ce terme pervers,

Et garde votre nom d'un infâmant affront.
Et c'est pourquoi consens à m'accueillir, Pluton,
Reçois moi parmi ceux que ton sceptre infernal,
En les délivrant d'eux, a délivrés du mal.

Le bienfait qu'on obtient de toi n'a pas de fin ;
Ainsi n'en auront point, envers toi, dans mon sein
Ma prédilection, mon culte dévoué,
Mon repect filial. Moi qui fus secoué
Par tant de mauvais flots et tant de mauvais vents,
Qui connus les humains et les Dieux décevants,
Et qui ne pus jamais, comme j'aurais voulu,
Consacrer tout mon cœur au bienfait absolu,
Je te l'attribuerai d'un don perpétuel,
Total, définitif, ô Pluton ! Ton autel
Recueillera mes vœux, encor qu'ils soient muets,
Puisque les morts n'ont rien que des soupirs fluets,
Sans parole, ni voix ! Mais je ferais frémir
Tout l'Enfer, si de son il se pouvait emplir !
Et puis mon pauvre cœur, qui toujours eut le goût
Des pieux dévoûments, repoussé de partout,
Pourra s'asseoir enfin dans une éternité
De fixe gratitude et de fidélité !

XII

LA RÉPONSE DE PLUTON.

Pluton m'a, cette nuit, répondu dans un songe.
Sa voix d'airain m'a dit : « Si ton sort se prolonge,
Tu descendras plus bas que tu n'es descendu ;
Rien d'heureux ne peut plus sortir du résidu
Qui se corrompt au fond du vaisseau de ta vie ;
Et le dernier effort que ton âme asservie
Pouvait encor fournir tu le donnas hier,
En venant te ranger à mon sceptre de fer !
Écoute mon conseil, m'ayant pris pour ton juge.
Tu n'as plus qu'un espoir : fuis-toi ! sois le transfuge
De ton ignominie et de ta lâcheté ;
Et ton abaissement, par toi même arrêté,
Te laissera du moins parmi ces misérables
Qui furent à la fois victimes et coupables,

Et dont leur déchéance est le plus grand méfait.
Viens donc! un seul instant sous mes myrtes distrait
De ses plus longs amours le cœur le plus fidèle;
La rose se flétrit près de mon asphodèle.

« *Mais Pluton voit plus loin que ses frères du jour;*
Dans leur propre lumière ils n'ont qu'un regard court,
Et peut-être un esprit naïf dans leur sagesse:
La majesté du front s'oppose à la finesse.
Je crains qu'ils ne se soient par toi laissé duper!
Ne fis-tu pas hier essai de me tromper,
Quand tenant à la main, avec un air modeste,
Ta branchette de buis: « *Voilà ce qui me reste.* »
M'as-tu dit, hypocrite! Et tu jetais des pleurs,
Et tu te lamentais avec des mots geigneurs,
Tels qu'ils auraient ému la pitié de Mercure,
Et ce dieu des marchands l'a pourtant assez dure!
Vraiment je t'admirais, pauvret! Mais, si Pluton
Ne prend que ce qui reste aux suppliants pour don,
Il le veut tout entier — et n'est-ce pas justice,
Puisque ce tout n'est pas assez pour qu'il guérisse
Leur vœu de s'en aller aux lieux où l'on n'a rien?
Or, fourbe implorateur, tu possèdes un bien

Dont tu pourrais tirer l'or qu'il te faut pour vivre ;
Si la terre te tient, va le vendre, délivre
Mon autel de ta plainte et de tes faux souhaits !
Mais, si tu veux vraiment descendre vers la paix,
Sache — pour te punir de ta ruse insolente —
Que tu n'aborderas la rive somnolente
Où tout bruit du passé s'alanguit et se tait,
Où chacun cesse enfin d'être ce qu'il était,
La rive où tu pourras être pur de toi-même,
Que si, sans subterfuge ou fourbe ou stratagème,
Tu viens m'offrir ce bien que tu caches à tous.

« *Et que ce soit bientôt ! Sinon, crains mon courroux !*
Je te repousserai pour de longues années :
Les froids déchiquetants et les faims forcenées,
Et les délabrements, les navrements du corps,
Les nerfs mêlant leurs nœuds ou craquant leurs ressorts,
Cent tourments dont la main tient tarauds et tenailles
Travailleront tes joints, tes muscles, tes entrailles ;
Le rongement hideux de la gangrène aura
Sa part, et jusqu'aux os sanguinolents, le rat
Des putréfactions grignottera ton être ;
Cadavre répugnant où le mal s'enchevêtre,

Tu ne seras que pus, charogne et puanteur,
Et tes propres haillons te prendront en horreur ! »

Un lamentable cri s'étrangla dans ma gorge !
Mais cette voix d'airain dont la colère forge
Les terribles accents, poursuivit : « *Plus encor !*
Ton cœur décomposé déjà, ton cœur que mord
Une corruption où travaillent tes vices,
Qui ne vit point de jours qu'il ne fasse complices
De sa honte aveulie et de sa lâcheté,
Sais-tu qu'il roule et touche au moment détesté
Que tu crois voir au loin, à cette ignominie
Où l'être jusqu'au fond dégradé se renie,
S'abhorre, s'abomine, et, désespérément,
Se vomit dans l'affreux hoquet du châtiment ! »

A peine, épouvanté, pus-je crier : « *Arrête !*
Arrête, Dieu cruel ! Vois ! mon offrande est prête !
Non ! Je ne voulais pas en frustrer ta faveur !
Ce ne fut qu'un oubli ! Dieu puissant, Dieu sauveur !
Tire-moi des fléaux qui sur moi se suspendent !
Vois mes pleurs ! Vois mes bras ! Vois mes mains qui [te tendent

Ce don gardé pour toi ! Je le jure, c'est tout,
Sauf ce pauvre manteau que l'usure découd,
Tout ce que je possède, ô Pluton, juge austère !
Je suis nu comme quand j'apparus sur la terre,
N'en puis-je maintenant disparaître et goûter
L'insensible néant où j'aurais dû rester ? »

Alors, la voix reprit un peu moins formidable :
« Le dieu Pluton, mortel, n'a point l'âme implacable,
L'antique nautonier qui conduit l'esquif noir
Te prendra vers les bords que tu désires voir.
D'un propos ironique il se peut qu'il t'accueille,
Dans un coin de sa bouche il mâchonne une feuille
De lotus qui lui sert pour lancer de côté
Sa salive et ses mots ; car il a sa gaîté
Qui n'est pas tout à fait celle qui plait sur terre.
Avec ses passagers, qui vont longtemps se taire,
Il aime à plaisanter, tout en les conduisant
Au silence. Il devient quelquefois méprisant
Pour ceux qu'à son esquif l'amour tragique amène ;
Il se peut qu'il te raille et qu'il te morigène,
Qu'il te nomme : imbécile et fol et chien lascif ;
Ne réponds rien, il a l'aviron un peu vif ;

Et sache pardonner quelque chose à son âge.
Puis, à travers le Styx, ce n'est qu'un court passage !
C'est le dernier affront que te vaudra Laïs !
Quand, sur la berge où croît le sombre tamaris
Et le sombre cyprès, aura touché la barque,
Le fil malencontreux que t'a tissé la Parque
Dans le flot léthéen tombant derrière toi,
Tu seras ombre enfin et dépouillé d'émoi ! »

« Merci, Pluton, » lui dis-je, en ne sachant quoi dire ;
Car il me paraissait bien prompt à me conduire
Où je voulais aller — tant l'homme est incertain !

Il reprit sur le champ, avec sa voix d'airain :
« Aussi bien qu'Apollon je sais donner un ordre
Tel qu'un oracle au sens tordu qu'il faut détordre
Pour savoir sa menace ou son conseil cachés.
Tous tes efforts, mortel, resteront empêchés,
Si tu n'accomplis point, avant que trois aurores
Aient dressé leurs rosiers sur les cieux incolores,
Cet ordre impérieux dont le secret arrêt
Aussitôt découvert devra te trouver prêt :
« Apportant ton trésor que ton trésor t'apporte ! »
Tire donc de ces mots ce qu'il faut qu'il en sorte ! »

Il se tut. C'était temps, je perdais mes esprits !
« Pluton, dis-je, je crois que j'ai presque compris ! »
Mais je n'en savais rien, car toute ma pensée
S'était fondue en peur, et s'était dépensée
Dans un grand tremblement dont j'étais secoué !

J'ai peiné tout le jour, je n'ai pas dénoué
Le nœud trop compliqué de ce trop simple oracle !
J'ai beau le retourner : chaque mot fait obstacle
A l'autre mot qui doit servir à l'expliquer,
Et le mot qu'il explique, à son tour, fait craquer
L'accord qui contiendrait leur sens ! En quelle sorte
Le porté peut-il bien porter ce qui le porte ?
Si je porte mon banc, il ne me porte plus,
Je ne le porte pas, étant assis dessus,
Les sens dessus dessous, où haut et bas alternent,
Sont des renversements dont les temps se discernent ;
On est dessus après avoir été dessous,
On est l'un ou bien l'autre, on n'est pas les deux bouts,
On n'est pas ce qu'on est et ce qu'on ne peut être,
La chose pénétrée et ce qui la pénètre,
Le liquide du vase et la main qui le tient,
Le couvercle et le fond, la chute et le soutien,

Des deux côtés du seuil, le voyageur et l'hôte,
Et l'on ne reçoit pas la chose qu'on vous ôte !

« Que ton trésor t'apporte, apportant ton trésor » !
Je vais passer ma nuit à réfléchir encor !

XIII

DERNIÈRE OFFRANDE.

J'ai compris. C'est très clair. Il reste d'obéir !
N'est-ce point là d'ailleurs qu'il en fallait venir ?
Pluton n'est point un sot ! Je veux qu'il reconnaisse
Que je n'en suis pas un non plus, et mon adresse
A débrouiller les mots de tout leur ligament
Me devrait bien valoir un bout de compliment ;
Je n'avais point donné tant de travail honnête
Depuis tantôt dix ans. J'en ai mal à la tête !
Je m'en tourmente peu, Pluton va m'en guérir,
Comme de tous les maux dont j'aurais dû souffrir!

J'ai pu, sans qu'on me vît, me glisser, sous les ombres,
Jusqu'au temple infernal entouré d'arbres sombres,

If, cyprès, houx, pin noir, yeuse noire aussi ;
Le matin n'entre pas sous leur bois épaissi,
Les flèches de midi se faussent sur sa voûte,
Et la noirceur du soir à sa noirceur s'ajoute.
Que profonde est la nuit sous leur branchage obscur !
Les lunaires rayons qui blanchissaient le mur
Qu'il m'a fallu franchir, gardien de cette enceinte,
Autant que ceux du jour, respectent l'horreur sainte
Dans laquelle le Dieu se plaît à séjourner.
Leur clarté n'ose rien de plus que frissonner
Au bord de ce feuillage en caresse argentée,
Mais ne pénètre pas dans l'ombre redoutée
Où les rameaux s'en vont vers les troncs ténébreux.
Que tout est immobile, et tout silencieux !
Avec frayeur j'avance. Et voici la clairière
Où, dans la vaporeuse et blafarde lumière,
S'érige austèrement l'autel de marbre noir !
Comme il semble irréel que puissent s'émouvoir,
Là-haut, des astres d'or qui palpitent et vivent,
Alors que les regards qui d'ici les poursuivent,
En s'éteignant tantôt, vont éteindre le ciel !

Dans le déchirement douloureux, solennel
D'un nuage, la lune, ou proche ou reculée,
En de vastes soupirs de lumière tremblée,

Augmente tantôt l'ombre et tantôt la clarté,
Et ce lent mouvement donne une anxiété
Au tragique décor autrement immobile.
Même sur la vapeur bleuâtre où se mutile
Ce disque éteint et blème et toujours alarmant,
La pointe des cyprès est sans balancement.
Rien ne bouge ou ne bruit, et rien n'oserait bruire,
Rien ne tressaille ici, rien ici ne respire !
Les chauves-souris même ont déserté ce sol !
Entends-je bien ? Un chant ! un chant de rossignol !

Il écoute longuement.

Mais il ne chante pas dans ces arbres funèbres,
Qui veulent autour d'eux, muettes, les ténèbres !
Il chante au loin, très loin, dans un hêtre au tronc blanc,
Tout ruisselant de lune et presque étincelant,
Et dont les rameaux clairs et les claires feuillées
Tremblantes de sa voix, toutes émerveillées,
Tracent autour de lui le magique dessin
Du palais lumineux qu'emplit l'hymne divin.
Mais il chante la vie ! Il chante l'heure heureuse
Où l'ombre, ardente ainsi qu'une couche, se creuse

Pour les corps entr'épris ! Mais il chante l'amour !
Mais il chante pour ceux qui vont revoir le jour,
Dont la nuit se renoue à l'aurore féconde !
Il chante ! Il chante au loin ! très loin ! au bout du monde !

Il écoute longuement.

Moi, je descends ici le vallon de la Mort,
Dont nul matin ne doit venir tendre le bord
De bandes de lumière humides de rosée !
Ma part dans la beauté du ciel est épuisée !
Et, sous ce bois sinistre aux ombres de trépas,
Le doux oiseau des nuits brèves ne perche pas !

C'était écrit — plutôt, je l'écrivis moi-même ;
Voici le dernier vers de mon morne poëme !
Pour que tout soit fini, je n'ai plus qu'à signer !
J'ai cessé de haïr, cessé de m'indigner,
Presque cessé d'aimer — autant cesser de vivre !
Je n'apporte plus rien au Dieu qui me délivre
Que le détachement incurable de tout ;
Mes désirs sont passés, et même mon dégoût !

Jusqu'à l'autel il faut marcher : que mon offrande,
Pour se mieux consacrer, un instant s'y suspende !
Les asphodèles blancs, funéraires et droits,
S'écrasent sous mes pas, et leurs calices froids
Exhalent leur senteur aux vivants nauséeuse ;
Leurs impassibles fleurs, dans la clarté cendreuse,
Luisent d'un reflet dur comme celui du gel.
O le meilleur des Dieux, je touche ton autel !
J'y pose ce présent, la ceinture de celle
Dont l'amour à tes pieds m'amène. Elle étincelle
D'ailes de papillons et de gorges d'oiseaux,
Même un rayon nocturne en tire des joyaux !
Encor qu'elle soit fine elle est solide et forte.
« J'apporte mon trésor et mon trésor m'apporte »
Tous les deux suspendus l'un par l'autre, à Pluton
Prié par notre unique et notre double don,
Nous nous offrons l'un l'autre, en même sacrifice !
Qu'il la trouve plaisante, et qu'il me soit propice !

Ce rameau qui s'incline au-dessus de ce banc
S'avance comme un bras noueux, en se courbant,
Une moitié dans l'ombre, et l'autre lumineuse.
Est-ce un rameau de pin ? C'est un rameau d'yeuse,

Dont le bois obstiné n'abandonne le tronc
Qu'après avoir lassé l'effort du bûcheron.
Montant sur le dossier du banc, je puis l'atteindre!
M'y voici! Je le touche! On y pourrait, sans craindre,
Suspendre Hercule avec la peau de son lion,
Ou celui qu'un lion prit au piège, Milon,
Ou le puissant Anthée aux membres lourds, ou même,
En creusant pour les pieds, le géant Polyphème!
A peine il sentira mon corps maigre et léger!
Il suffit de manquer des deux pieds pour plonger,
D'un seul trait, jusqu'au fond du plus profond abîme,
Où rien ne cloche plus puisque tout se supprime!

Allons! Préparons-nous! On dit que les pendus
Ressentent quelquefois des plaisirs défendus,
Voluptueusement la dernière secousse
Les transmet au trépas dans une fin très douce!
Sur ce point capital ils sont restés muets;
Ce sont là des détails qui sont mal avoués!
Et moi, qui suis enclin à blâmer leur silence,
Je vais probablement laisser cette science
En l'état où je suis fâché de la trouver,
Et tairai le secret que je vais éprouver.

Le Styx possède seul des clartés sur ces choses ;
Si les défunts subtils font échange de gloses
Sur leurs impressions vers les champs ténébreux,
Déjà distraits de nous, ils les gardent pour eux ;
Ou peut-être ils n'ont plus une voix assez forte
Pour qu'à travers le fleuve obscur le vent la porte
Jusqu'aux mortels penchés, anxieux de savoir
Ce qu'on éprouve au cours de ce passage noir.
Mais, si l'on dit vraiment, jamais homme, ô ceinture,
N'eut plus droit d'espérer cette bonne clôture
Que celui qui se pend au bandeau dont jadis
S'entourait mollement la taille de Laïs,
Et qu'il en dénoua pour une nuit heureuse !
Que tu me devrais bien une mort amoureuse !

Ce rossignol au loin, tout au loin, chante encor !

Aux bras de quel amant s'exaspère ou s'endort
Le beau corps de Laïs, ardente ou satisfaite ?
Quel joli mouvement elle avait quand sa tête
Retombait, les yeux clos, dans ses cheveux épars,
Et que, dans l'ombre accrue autour d'eux, ses regards

Répandus et dissous dans l'extase infinie,
Remontant du délice où flotte une agonie,
Reprenaient avec peine un cercle souriant !

Allons ! Bientôt un trait va blanchir l'Orient,
Et la prochaine aurore, à mes yeux interdite,
S'impatiente au bord de la nuit et s'irrite !
Dans quel état, tantôt, va me revoir le ciel !
A l'instant où l'esclave africaine oint de miel
Les bras de sa maîtresse et les seins, et la masse
Afin que le baiser trop appuyé s'efface ;
Et c'est l'heure du bain de parfums et de lait
Où, dans un flot neigeux, son corps nu s'exilait
A mes yeux désireux de la voir reparaître,
Et qui, la revoyant, ne savaient reconnaître
De la blancheur du lait la blancheur de sa chair !
O jours passés ! perdus ! Avec quels doigts de fer
Se peut-il qu'un si doux souvenir vous saisisse
A la gorge !
Il est temps ! Que l'acte s'accomplisse !
Passe, ceinture, autour de ce rameau penché !
Je te refais ce nœud autrefois détaché
Par ces mains qui tremblaient d'espérance et de joie !
Nul ne le défera ! Ne te romps pas, ô soie

Qui sembles palpiter d'oiseaux prêts à voler ;
Tes papillons brillants auront l'air de trembler
Sur une étrange fleur d'angoisse et de misère !
Toujours habituée à te relâcher, serre
Mon col mieux qu'autrefois ses flancs ; que ton nœud d'or,
Qui cédait à l'Amour, soit ferme pour la Mort !
Toi qui des voluptés fus servante et complice,
Pour la première fois achève un autre office,
Donneuse de plaisirs, donne enfin un bienfait !

Je n'ai plus qu'à glisser des deux pieds.. Oh ! c'est fait !

TABLE

TABLE

I

II

III

Achevé d'imprimer

LE 12 JUIN MCMXI

par

L. DANEL

à

LILLE.

OUVRAGES DE M. A. ANGELLIER:

PROSE.

Etude sur Henri Regnault. *(Épuisé).*

Etude sur la Chanson de Roland. *(Épuisé).*

La Vie et les Œuvres de Robert Burns, 2 vol. in-8. — *Hachette et Cie*

POÉSIE.

A l'Amie Perdue — *Hachette et Cie.*

Le Chemin des Saisons. — *Hachette et Cie.*

Dans la Lumière Antique. — Les Dialogues d'Amour. — *Hachette et Cie.*

Dans la Lumière Antique. — Les Dialogues Civiques. — *Hachette et Cie.*

Dans la Lumière Antique. — Les Episodes (1re partie). — *Hachette et Cie.*

Dans la Lumière Antique. — Les Episodes (2e partie). — *Hachette et Cie.*

Dans la Lumière Antique. — Les Scènes. *Hachette et Cie.*

Pages choisies (avec préface d'Emile Legouis). *Oxford at the Clarendon Press.*

www.ingramcontent.com/pod-product-compliance
Ingram Content Group UK Ltd.
Pitfield, Milton Keynes, MK11 3LW, UK
UKHW021104290826
14628UKWH00014B/558